一位诗人老师的支教之旅

# 我在海岛当老师

周其星 著

时代出版传媒股份有限公司
安徽少年儿童出版社

图书在版编目（CIP）数据

我在海岛当老师 / 周其星著 . -- 合肥 : 安徽少年儿童出版社 , 2025. 3. -- ISBN 978-7-5707-2209-9（2025. 6 重印）
Ⅰ . I25
中国国家版本馆 CIP 数据核字第 2025UZ3651 号

WO ZAI HAIDAO DANG LAOSHI
我在海岛当老师　　周其星 著

出版人：李玲玲　　策　　划：张　怡　　责任编辑：张　怡
责任校对：阮　征　　装帧设计：于　米　　责任印制：朱一之
出版发行：安徽少年儿童出版社　E-mail:ahse1984@163.com
新浪官方微博：http://weibo.com/ahsecbs
（安徽省合肥市翡翠路1118号出版传媒广场　　邮政编码：230071）
出版部电话：（0551）63533536（办公室）　63533533（传真）
（如发现印装质量问题，影响阅读，请与本社出版部联系调换）
印　　制：安徽联众印刷有限公司
开　　本：635 mm × 900mm　1/16　印张：21.25　字数：240千字
版　　次：2025年3月第1版　2025年6月第2次印刷

ISBN 978-7-5707-2209-9　　定价：45.00元

# 序

李庆明

其星的新著《我在海岛当老师》即将付梓，嘱我作序，我爽快地答应了。

我和其星是深圳中央教育科学研究所南山附属学校（当地百姓昵称“央校”，现易名南山第二实验学校）情义笃深的道友。他的海岛之旅让我回想起自己1999—2003年的崇明岛乡村教育实验。我们都有呼啸乡野的童年记忆，又在各自的职业生涯历程中重返乡村教育现场，经历了一段“在水一方”的逐梦传奇。

在“央校”的那些年，其星无论做语文教师还是班主任，都展示了他澎湃激越的浪漫诗性。我离开“央校”，他去了深圳实小，在那里一如既往，更上层楼，开展“诗教”实验，结出累累硕果。在南澳岛的日子里，其星又和一批同道继续播撒“诗教”的种子，在海岛大地，在孩子的心田书写了一首首深情款款、梦幻迷人的海上田园诗！

我和其星都是地地道道的书痴，以诗文传道，是我们共同的志业。当年在“央校”和其星以及其他众多老师做的最有意义的事，就是共同缔造了一个以学科阅读、大主题阅读、中外经典阅读、当代作家系列阅读等为主要领域，以课堂阅读、班级阅读、亲子阅读、社区阅读、自主阅读等为主要渠道，以星级评价为主要杠杆的全域阅读生态。我给这个项目冠以“天堂鸟飞翔计划”的名称，并提出了彰显“诗·史·思”理念的“文化阅读”主张，大家致力于将阅读的诗意感受、史韵体验和思想颖悟融为一体，造福孩子的精神世界。在推行“天堂鸟飞翔计划”从班级、校园，到国内外，甚至一些偏僻、穷困和灾难地区的无数阅读推广活动中，一直活跃着其星的身影，说他是“央校”阅读生态建设的主要旗手和得力干将一点也不过分。如今其星更把诗意阅读与写作发挥到极致，逐步凝练成他独树一帜的“诗教”主张，成就非凡，影响日彰。

“诗教”在我国源远流长。《礼记·经解》中就有“入其国，其教可知也。其为人也：温柔敦厚，《诗》教也”的说法。这里的《诗》指的是《诗经》。《诗经》历来被尊为六经之首。上古教育注重口耳相传，朗朗上口、易被接受的韵语文学便起着举足轻重的作用，口承诗教自然普遍流行。尽管后来书面文化日渐发达，但致力于吟诵歌谣、声律启蒙、口授诗文的诗教依旧以其独特的美学魅力和教化作用得以流传。但是，由于种种原因，现行的语文教育，诗教传统渐行渐远，无论是口语还是文语，诗教都不占主流，实在是一大缺憾。令人欣慰的是，不少人都在努力恢复和弘扬诗教传统，其星也是这个群体中一颗闪烁耀眼光芒的明亮之星。他在南澳岛用生命激情书写的这本《我在海岛当老师》，记录了在那里的一段让童心起舞、绽放、激荡与飞扬的诗教之旅，向我们展示了一个极其纯真而又五彩斑斓的生命世界。它交织着真、趣、爱、智、美等无与伦比的儿童精神，凝聚着孩子们在经历能动与受动、情感与理智、苦恼与快乐等内心冲突中构建心灵成长史的诗意历程。所有这些，都足以成为成人世界和教师世界的精神向导！

我始终认为，童言即诗，在不受束缚的自由情境中，儿童的想象性语言具有天然的诗性。加登纳在《艺术与人的发展》一书中就列举了大量的研究成果，告诉我们：儿童很早在对话和即兴言谈中经常出现的修辞现象，很容易使人想起大作家蓄意做出的努力。儿童们会轻易地在那些感动过无数诗人、文学家和艺术家的对象中看出花朵与女人、星星与眼睛、沉睡与死亡、战斗与烈火等之间的联系；可以不假思索地运用明喻、夸张、排比、拟人、摹声、重叠、诘问、呼告、对比等修辞手段，尽情展示他们的童心，一如天籁自鸣，率性而为，如风行水上，自然成趣。童诗的精神性创造不管在成人看来有多么荒诞，在儿童却有无可争议的“真实”性。因为想象、幻想，甚至做“白日梦”，都是儿童真实生活的有机组成部分。儿童不会以理性或功利之心伤害、糟蹋自己的想象，美丽而奇特的想象都是自然而然地从心灵里流淌出来的，儿童就这样用它为自己建造了天人合一的精神居所，享用它带来的无与伦比的欢愉。这就是童心，进而是童诗的秘密！所以，呵护孩子的童心，是教育者的神圣使命。它不仅有利于孩子的创作，更有利于孩子的成人。所谓“天下之至文，未有不出于童心焉者也”，所谓“大人者，不失其赤子之心者也”，不就是这个意思吗？

最后，我想引用其星书中的一句话作结，并表达对他的诗教的敬意和祝福——

“相信诗歌的伟力，自有神奇发生。”

（李庆明，基础教育专家，我国“田园教育”倡导者，江苏省特级教师，哲学博士。历任中央教科所南山附属学校校长、宁波滨海教育集团总校长。）

安心做个岛民吧
最好能带着孩子写写诗
昨日的晚霞
今日的大雾
都是最好的素材

# 海岛诗境图

透过树木之间的空隙
看到海
阳光照着海面
梦想是渔船
驶向远方
（陈小益）

浪不能用力，
一用力
就会变白
黑黑的礁石
不能站在
海边，
它们终将变成
光秃秃的
句号。
（蔡梎懂）

海，汹涌澎湃地奔腾
向着那沉默的礁石
一次次冲击，一次次咆哮
永不放弃
（徐菡钰）

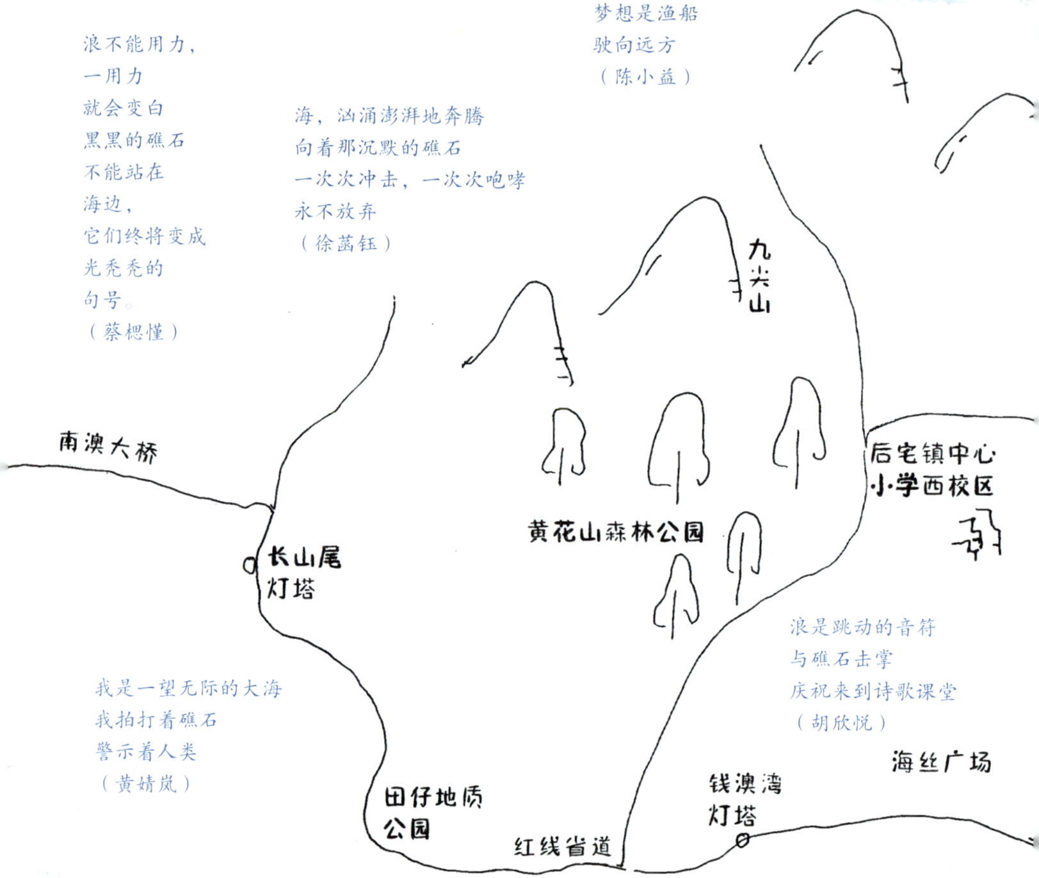


浪是跳动的音符
与礁石击掌
庆祝来到诗歌课堂
（胡欣悦）

我是一望无际的大海
我拍打着礁石
警示着人类
（黄婧岚）

海风轻拂，浪花细语
蔚蓝深处，梦开始的地方
（柯栎霖）

刺眼的阳光照射在海上，
为什么海不会被晒黑呢？
（林诗涵）

风把太阳的碎屑
吹到海面
船漫无目的地漂流
风车把船送往
远方
（章芸）

在鸟的劝告下
海退潮了
只剩下沙滩
一片孤独
（吴恩萱）

平静的海浪抚摸着石头
冰冷的海水被太阳加热了
石头圆了
海浪也平静
船开过大海
船开到尽头被海水覆盖
（陈皓笙）

在大石上的小不点石头，
是怎么上去的呢？
我把欢声笑语留在了
这块不快乐的石头上。
（柯博铭）

海浪与礁石
争议不休
与我和妹妹
何其相似？
（杨玉其）

海浪在吟唱
如白花绽放
亦如海的裙摆
（张嘉悦）

海水冲击在礁石上
阳光洒在海面上
仿佛一切的烦心事都烟消云散
（肖绫子）

大海是一个身价万亿的富翁，
穿金戴银。
（李悟）

# 海岛上的人们

章芸、榅憧、洁菲、小益、欣悦、锘桐、恩萱、桦珊、子琪、紫颖、演凯、栎霖、李悟、锦斌、熙航……后宅镇中心小学311班的同学们，也是作者在南澳支教时，跟着作者一起读诗写诗的小诗人们。

黄耀南校长，汕头市南澳县后宅镇中心小学校长，终生扎根乡村教育事业，为人真诚朴实，对南澳教育充满深情，临近退休，还继续推动教师的发展与教育的变革。

庄任跃主席，后宅镇中心小学基层工会主席、西校区负责人，极力支持作者在班级开展的诗歌教育及读书文化建设，并创造机会让小诗人们在每周晨会上朗读诗歌。

海燕老师，作者支教时的搭档，班主任，优秀的英语老师，女儿被作者称为“小可爱”，是一个很有灵气的小姑娘。

映华老师，作者支教时312班的班主任，优秀的语文老师，非常勤奋，也非常热情，经常制作糕点带到办公室跟大家一起分享。

余凯老师、蔡领队、小尹老师、小杨老师、小吴老师……跟作者一起从深圳去海岛支教的优秀教师们。

曾叔，作者支教时租住的民宿的房东，汕头澄海人，农科专家，为人友善，好客，健谈，履历丰富。

小明老师、新阳老师，南澳图书馆工作人员，充满热情的“90后”，多次邀请作者在南澳图书馆开展读书和写诗活动，梦想南澳有一座新的图书馆。

阿成，南澳本地渔民，经营海鲜，直销全国各地，有情怀，有梦想，立志振兴海岛经济。

# 目录

## 一念生 1



## 风声起 97

## 波澜阔 179



## 尾声 313

# 一念生

面朝大海，我久久伫立。

潮水送来了远方的消息，

又将把我的故事带向远方。

# 奔赴山海，重返乡村教育现场

## 1.

当我背着双肩包，推着巨大而沉重的行李箱，笨拙地走出和谐号动车，来到一个陌生的站台时，我再次提醒自己："这次不是去旅行，而是去工作。"

我要告别熟悉的城市，脱离熟悉的节奏，去一个刚听说没多久的小岛支教一年。

这也是我离开乡村转战深圳、在这个日渐繁华的大都市摸爬滚打十六年后，再次穿越山海，重返乡村教育现场。

听起来，有点儿浪漫。

下动车，出汕头站，搭上网约车，前往此行目的地——南澳县后宅镇。

大约四十分钟的路程，我和司机一路走，一路聊。

师傅姓许，南澳本地人，家里有两个小孩，大的六岁，小的三岁。许师傅告诉我，他外出打工多年，直到六七年前南澳大桥建起来，他才回到岛上专门跑运输。

后来，随着我在岛上接触了解的人越来越多，才得知像许师傅这样的人并不在少数。他们都是成年后外出打拼，接受城市文明的洗礼，大桥建成后，回到家乡定居，操持一份固定的营生，有跑运输的，有卖渔获的，有开面馆、服装店、理发店的，有做民宿，做直播的……

在这些从城市归来的新岛民身上，我似乎看到了小岛复兴的希望。这是后话。

去往南澳，需要经过一座大桥。大桥桥身长九千三百多米，如同一条巨龙，横卧于蓝天碧海之间。进岛出岛，都要穿越这座长桥。桥上桥下，天高海阔，而桥的尽头，正是我要工作、生活一年的小岛——南澳。

受各种因素影响，开学后我们晚了一个月才从深圳出发，此时正值国庆假期尾声，桥上过往的车辆不多。这座岛此时还未成为网红小岛，不用排队几个小时才能上桥。正是中午时分，天气晴好，阳光之下，车正快速向前，驶上了一条环岛海滨路。

左侧是山，栽种了很多相思树。据说每年三四月，满树花开，满山缤纷，也不知是在思念谁——是离岛外出的家人，还是远渡重洋的先祖？

右边是海，海水青蓝，海上偶有渔船点点。在我的想象中，晨昏时刻，红日映照，天地玄黄，这苍茫大海，养育了多少渔家儿女？

岛像一颗钉子，钉在海中央。多少渔民出海，多少渔获归来，经由如今的长桥、过去的摆渡，送至澄海，送到龙湖，送往潮汕各地的餐桌，或生腌，或清蒸，或煎炒，或煲煮，宴宾客，庆余年。

据传，历史上南澳岛多有海盗盘踞，亦有官兵驻扎。那是另一段传奇时光，需要我用更多时间去阅览，去探寻。

后宅镇是南澳县城所在地，街上人来人往，有外地游客，也有本地居民，这跟深圳街头的人影稀疏大有不同，恍惚间，颇有世外桃源之感。在后来的日子里，每当从外驾车回岛，一上大桥，我就会告诉自己：“我要去往世外桃源了！”如果是出岛，我就会跟自己说：“我要重返花花世界了！”无论进岛出岛，都是满心欢悦。

下车后，我搬下那装满了我大部分日常的巨大箱子，入住宾馆，泡一壶滇红茶，等待同住的小伙伴到来。

来了！

余凯，1996 年生人，复旦大学古代汉语专业，深大附中的语文老师，不过看起来更像是体育老师，身体很壮实，这点跟我很像。

在潮汕文化里，功夫茶是一道独特的风景。入乡随俗，我们品尝着各自带来的茶（在茶的品类上倒是和潮汕人民不同，他们偏爱单枞，大多数人也只喝单枞），聊语文课堂的活力教学和板块设计。我把随身带来的《追求理解的教学设计》送给他看，说到以终为始、逆向设计，说到语文课堂不应该只是一味追求有感情的朗读，我们常说“以读为主”，很容易对“读”产生误解，其实不应该理所当然地认为读就只是朗读，随着学生年级的升高，他们还应该进行带着思考的默读、寻找信息的跳读、进行对比思辨的比读……从小学高年级开始，语文就应该寻求高阶思维的提升，唯此，才会越学越聪明。

不知不觉，我们喝完了四种茶，其中，昆明朋友寄来的野生古树红最是香浓，小块袋装的普洱温和绵长。海岛生活才开始，我们就体会到了喝茶聊天的妙趣，充分理解这一潮汕文化特色，对于我后来迅速融入当地生活，大有裨益。

## 2.

初来乍到，生活简单得就像只有一个红豆包子、一个咸菜馒头、一个水煮蛋和一碗不怎么用心的白粥组成的早餐。

读朋友传来的《悠悠岁月》片段，对埃尔诺的无人称自传的记叙方式很着迷。短而小的语句，碎片化的记录，朴素平白的表达，诗一样的跳跃，带给我非凡的启示。想想自己这不到一年的支教时光，绝非宏大叙事，一定是七零八落，不过只要努力经营，即使碎成一片片，也会闪闪发光。我有这份自信。

闲来无事，我和余凯呆坐窗边。

一只叫不出名字的大鸟（后来从李一斌老师那里得知，这是鸢，“忙趁东风放纸鸢”的鸢），伸展双翼，在海滨上空翱翔。看它几次掠过屋顶，好像在寻找，也像在等待。

风中的翼展，自由迷人。

街道上的光逐渐黯淡下来。

明亮之光滑入昏暗之海。

南澳的晚上，海边清凉。踢踏着拖鞋，踩在松软的沙滩上，浪花一阵阵涌来，似是不知疲倦，永无止歇。

我奔跑着，漫步着，静立着……

听涛声鼓荡，浪花叹息。

回头看，留在沙滩上的脚印，转眼即被浪花带走，冲洗干净，仿佛未曾走过，仿佛并未发生。

我们在此驻留一年的支教生活，也会像沙滩上的脚印，被水抹去吗？我们用心用情的奔赴和努力，又有多少意义？

面朝大海，我久久伫立。潮水送来了远方的消息，又将把我的故事带向远方。

《悠悠岁月》的开篇写道：“所有的印象都会消失。”

我不敢同意，又难免担心。

于是，你会看见有这样一个人，他奔跑在海边，迎着风，对着浪，不断喊叫，又不断跃起。

## 3.

我不断提醒自己：这里是南澳，不是深圳，两地生活节奏不同，工作方式也不一样；不要急，总能见到学生的；不要急，总会有属于我的班级和阵地的。

从深圳市各直属学校来到南澳支教的老师共有七人，蔡领队召集开了个小会，无非是彼此认识一下，明确纪律。

由于我们是第一批来南澳支教的老师，沟通机制尚未完善，协调落实都不够及时：食宿问题怎么解决、教学年级如何安排、是否担任班主任……这些大家最关切的问题，暂时都是不可知、不确定的。

每一次询问都很急切，每一个回答都很缓慢。

回到窗前，继续看书，看阳光下闪亮的街道和远方粼粼的海。

到了下午，可以很奢侈地去看一场海上日落，这在深圳几乎不可想象。

看哪，夕阳那么美，总值得我们去热爱。

看哪，西边红日款款下坠，东方皎月徐徐升起。天地有静美，无言胜有声。

晚饭后，我放弃了漫无目的的散步，决心去看看要支教的学校——后宅镇中心小学。查了导航，其实步行十分钟就可以走到。

匆匆一瞥后，沿原路返回宾馆房间。有了对学校的具体印象，就可以继续耐心等待，等学校通知，等后续的安排。

跟几位朋友联系，欢迎他们来南澳，朋友们都说很乐意。

有人回应，就不再觉得这里是被世界遗忘的角落。

海滨路上，风很大，浪也大，好像要涨潮了。

## 4.

终于接到电话，是后宅镇中心小学办公室陈主任打来的，说要过来接我。

我带上早已整理好的行李，坐车前往学校安排的住处。

一所偏僻废弃的村小，一间老旧教室改造成的宿舍，一张上下铺的木床，一张简易办公桌。

这就是我的居所了。

如果不是墙上的空调提醒着，我甚至怀疑自己穿越到了刚入教职的上世纪 90 年代。

陈主任很热情，叮嘱后勤根据我的需要添置一些生活用品。

我是农村孩子出身，小时候吃过不少苦，这点小问题难不倒我。当天晚上，我在洗手间里用水桶接满水，然后从头浇下，痛痛快快地洗了个冷水澡。冷水让人清醒，也教人纯粹。

唯其纯粹，方能拥有极致的快乐。

根据学校安排，我去西校区顶岗担任 311 班的语文老师。

后来才知道，因为之前 311 班语文老师变动有点频繁，家长的意见比较大，家委会都找到校长那里去了。正好我来支教，接任顺理成章。

一线带班，正如我愿。

我要在这间海岛上的教室里，创造点什么。

安顿好之后，我转念又想：只带一个班，顶一个语文老师的岗，会不会弱化支教的效用？即便同为支教老师，大家的任教年限、资质资源也各有不同，如何确保每个人的专业优势得到更好的发挥？

事关对口支援和精准帮扶，需要受援地提前了解每位支教老师的特点及优势，有针对性地进行全盘安排。如果老师们只是顶岗上班，那将很难做到人尽其才，势必造成一定的浪费。

还有一种可能，就是大家对支教的认识还停留在“一个萝卜一个坑”上，来一个，顶一个。因为一线教学人员岗位紧张，受援地也派出了不少教师前往深圳跟岗学习。据说，这些外地来深的跟岗教师也被所在学校安排了教学任务。各个学校都缺人手，好不容易来了几个人，支教也好，跟岗也罢，都要第一时间用起来。

如果不能正确理解支教的意义，不能有效促进教育学术交流，不能打破坚冰、开创新的局面，不能给教育现状带来改革气象与新鲜活力，如此兴师动众又有多少意义？我想了很多，不得其解。

我甚至消极地认为，这些问题注定没有答案。后来发现，答案都藏在前行的路上。路是靠人一步步走出来的。行路固难，但事在人为。

下午在陈主任的办公室，我们就海岛课程聊了很久。都是我的构想，是我出发时心心念念想着来帮助学校实现的，基于我对一所海岛上的学校最初的想象而萌生，也是在对学校历史情况及现实信息并不了解的基础上进行的构思，带有鲜明的个人主义与浪漫主义色彩。

然而，有实现的可能吗？

我不知道。但我不会轻易放弃，所以只要逮住机会，我就会跟学校领导频繁沟通。

## 5.

我准备执教西校区三年级 11 班。

了解上课进度、作业设计、批改格式、考试频率，加班主任微信，进班级群，跟家长们打招呼，回应家长的欢迎……

忙完这一切，我需要静下心来，准备一个发言。

这天晚上，在深圳市上级部门来南澳考察调研的座谈会上，我见到了一年前就来支援的另外两支工作队代表：一支受市人社局和深业集团委派，帮扶支援云澳镇；一支由国资委委派，帮扶支援后宅镇。都是深圳过来的，都要离开家人、远赴他乡，都要在一个陌生之地投入工作……哪怕只有一两点相似的经历，就能让大家像水溶于水、火融于火般迅速拥有亲人般的熟稔和默契。

现场交流严谨认真却又不失轻松愉快。大家都在真实言说，不说虚头巴脑的话，不做浮夸的表面文章。

我最后一个发言，向大家分享自己支教一年的五个基本构想：

第一，一线带班亲自示范：向南澳教育同仁展示一位老师如何在教室里扎扎实实地推进读写教育；

第二，在线共享教师培训：充分利用我的市级名师工作室平台，和南澳县语文老师共同学习；

第三，创意开发海岛课程：借助南澳县的海岛优势，开发海岛课程系列，带领学生认识、热爱生养自己的小岛；

第四，充分调用专家资源：借助我在全国各地的专家名师资源，请名师上岛，为海岛的老师和学生、家长示范授课、开展公益讲座，给南澳岛吹来新鲜的风；

第五，两校师生手拉手积极互动：以我这次来南澳支教为契机，架起深圳与南澳两地两校师生学术互动、教育互访的桥梁。

座谈交流到十点结束，长达两个小时，充分体现了深圳人的工作特色：肯干，能干，敢干。精诚所至，金石为开。后来的事实也证明，无论是我，还是这些赤诚务实的帮扶干部，一旦下定了决心，就没有干不成的事。回头再看当初这五个构想，如今全都成功实现，内心无比满足，无比骄傲。

也是在这一天，我的名师工作室在线培训活动正常开展。

这次邀请的主讲专家是我的师弟白皛，他是深圳市小学语文教研员，古典文学功底深厚，我特意请他讲解统编教材中古诗词教学的问题。

后宅镇中心小学的余副校长将会议消息发到了镇小学语文教师群，四十多位老师扫码听了课。有老师在微信群里反馈：大受启发，从来没有听到过这么好的讲座，对古诗词教学有了新的认识，指导性很强。

我发现且第一次真切感受到——南澳，我来对了！

# 初涉诗歌，推开语言的大门

## 6.

现在，我是后宅镇中心小学西校区 311 班的语文老师了。

第一次跟 311 班的孩子见面时，他们正在上英语课，陈主任把我带进教室，我匆匆打了个招呼，作了自我介绍。

第二次见面，是在第二天的晨读课时间。

看着他们朗读课文，我发现大部分同学喜欢将书平放在桌面上，用手指字，拖着音读。朗读的声音软绵绵的，又很沉闷，像极了回南天里晾不干的衣服，没有顿挫感，没有抑扬调，没有明亮色。后来跟余凯聊到这个现象，他说，他们班的初中小孩也是这样读课文的。

我真担心他们读着读着就睡着了，要么就是我听着听着入了梦乡。

我决定立即调整并进行正确引导。第一课，就从指导课文朗读开始吧。

朗读课文，是语文学习中很有仪式感的一件事；琅琅书声，既是学校生活的一道风景，也是童年回忆的一抹亮色。进入三年级，不能再像一年级那样，手指着字，小鱼吐泡泡般一字一顿地读。我让同学们双手捧书，抬头挺胸，眼观书面，朗声读文。可以放慢语速，但要连词成句。我先示范一遍，同学们效仿，一句一句地读，一步一步地跟，一处一处地纠正。

双手捧书读，摆脱了手指书逐字读的习惯；再跟着我反复练习朗读，又摆脱了拖音的习惯。我带着同学们重点练习句中停顿，练读好轻声，练尾字不拉长音。

训练几次后，大家不再俯身于桌面，而是一个个端坐桌前，身形挺拔，声音清朗，课堂气象焕然一新。

第一步，成了。

接下来，要彻底扭转课间吵、闹、乱现象，必须教会他们课前三分钟静息。上课预备铃响起，立即回位坐定，把上课所需书本整齐地摆放在桌面左上角，然后趴在桌上不说话，静静休息，等待老师上课。这一点也很好教，一两次训练就能完成。于是几天后我发现，上课前，只有我们班在静息，耳边充斥着其他班级的喧闹声，我们就像位于风暴的中心，又像海中的一座孤岛。

先从喧嚣声中安静下来，再考虑如何用好课前三分钟。是像我之前在深圳带班那样安排诵读古文，还是配乐静心练字？且留待以后去权衡实施。

教学过程中，我很欣慰地看到课堂上积极参与互动的学生并不少，但也很遗憾地发现他们的理解力普遍偏弱。例如，当我问及“略读课文”的“略读”是什么意思，几乎没人能答出来。如果理解都达不到，又如何能做到？

理解不行，积累不够，习惯不佳——这是我必须带学生越过的三座大山。

路漫漫其修远，但行则将至。

语文课上，我重点教学生如何书写。写字如做人，卷面即颜面，马虎不得。我在黑板上板书示范，特意放大字号，放缓书写速度，甚至很夸张地去写，突出怎样起笔、顿笔，怎样回锋收笔，如不满意，又如何在一旁重新再写……这些都需要手把手地教，需要一笔一画地练。

我边写边教——“书写是人的第二张面孔”“提笔就是练字”，

咒语一般，反复念诵。

理想中的儿童母语教育，不仅需要师生双方不厌其烦，还要在单调重复的训练中找到乐趣，并享受其中。朋友发来《幸福之道》书中的片段，正好与此呼应："一切伟大的成就都离不开坚持不懈的工作，其中的专注与艰辛使人难有余力去应付疯狂的娱乐……"

放学前布置作业，我建议同学们回家看书半个小时，明天上学时，把所看的书带过来。我要着重了解他们平时的读书习惯和阅读品质。同时，我布置了一项新任务：要和爸爸妈妈一起朗读一首诗。要朗读的诗，我已经选好并发布在了班级群里，诗名是《需要什么》，意大利作家贾尼·罗大里的著名诗作。

选择这首诗作为开始，费了我不少心思。

诗人说："做一张桌子，需要一朵花。"

带出一班人文素养好的学生，需要些什么呢？

优质的文学就是其中美丽动人的花。

我选择采摘诗歌的花朵，是因为诗歌通往自由之路，阅读短小优美的现代诗歌，能让孩子们领略语言的奥秘，打破日常的禁锢，增强对语言的敏感与自信。

诗教起步，不妨先从读诗和抄诗开始。

我提前给每个人买了一本厚厚的质地良好的方格本，告诉他们，这将成为班级特色作业本——诗歌抄写本。

对诗歌最直观、最直接的学习方式，就是读它，抄它。

这也是我从事现代诗歌教学最深切的体会。

这些天来，我一直在反复思考着：不到一年的支教时间，我能给海岛的孩子带来什么？

现在，我想明白了。一年时间，我能带给南澳的孩子最好的礼物就是诗歌。如果将来有一天，他们能够喜欢上诗歌，甚至能写出不错的小诗，我就很满足了。

时间虽然不多，但仍然要开具体的花朵，结具体的果实。

“做一张桌子”并不是太遥远的梦想，读诗抄诗，就是在酝酿发力，是在努力开“一朵花”。

仿佛蓄了很久的雨，刚落下，又急又密。支教才开始，工作的节奏就高度密集，忙碌不已。只因心中想去实现的目标太多，自我要求太高，而时间匆匆，从不等我。

《童年的古文课》和《讲给孩子的百年梦想》是我在海天出版社（后改名为深圳出版社）主编的两套书，我决定购买一些，作为礼物送给311班的孩子们，确保每种书都能人手一本。我又请深圳的同事拍摄了一些深圳孩子的书写作业、创意作业、作文，以及古诗文、课文朗读的视频，给孩子们观看学习，让南澳的孩子看到他们的同龄人正在做什么，做得如何。

榜样示范，不单是指出一个努力的方向，更是让大家看到具体的样子；要知道好成什么样才是好，更要知道怎么做才能好起来。如此，方有变好的可能。

## 7.

跟后宅镇中心小学的黄耀南校长聊了海岛课程的想法后，他从书架上找出了一本小书《丝路小导游》，这是后宅镇中心小学“丝路文化”课题组编写的校本课程读物，对我了解南澳岛有一定的帮助。

遗憾的是，开本不大，字号也小，看起来有点吃力。

下午时，黄校长又把当年策划的课题思路发给我，提到当时设计这一校本课程的想法。这些都可以作为背景资料，有助于我比照思考。

之所以对海岛课程念念不忘，是因为我太希望通过课程变革推动支教学校的教育革新，形成领导支持、老师行动、学生受益的良好局面。

后来才知道，要做成事，需要机会，更需要时间。仅凭一腔热情远远不够。

周末想出去走走，徒步或骑行。事先找当地的骑行发烧友请教了路线，准备去趟云澳镇。

要设计出恰当的在地课程，除了走进这座岛、认识这座岛，还需要对海岛的历史、地理、人文、民俗都有充分的了解。

学校老师多是土生土长的海岛人，对家乡文化有着丰富的认知。他们爱海岛，懂海岛，如果能激活这个人均年龄 48 岁左右的群体，那才是真正的“未来可期”。

这也是黄校长对我的期待，他希望我能做搅动学校教育变革的鲇鱼。

又有一件事，让我忧心。

在了解“回家半小时阅读”的完成情况后，我发现同学们的家庭藏书就没几本像样的，甚至也没什么“家庭藏书”。这跟崇尚阅读的深圳完全不同，也让我再一次正视海岛阅读的真实现状。

我想起了 311 班教室后排的阅读角，架在墙上的几块木板上，摆放着几本封面都已泛白的书，一看就很有年头。这些书想必很久都无人翻阅，放在那里被阳光漂白，失去了生动的颜色。

如果没有家庭阅读的支撑，没有学校阅读的保障，我们又如何指望学生拥有良好的阅读能力与习惯？如果学生缺乏日常的阅读训练与积累，我们又怎能奢望他们理解新鲜词汇，运用更丰富的语言？

可以想见，当我热情地询问他们昨天回家读了什么书，读了多少页时，我得到的是多么惨淡的结果，那一刻我的内心是怎样的失落与忧伤。

真相叫人担忧，却又令人释然，我因此找到了努力的方向，这正是希望之所在。

我发动出版社、“百班千人”（“全国百班千人读写计划”，专注于小学生整本书阅读与写作能力培养的公益组织），还有作家朋友，为海岛上的孩子们寄一些书过来，支持孩子们读好书。

身边没书，就像仓里没粮，让人心慌。

下午上完课，我在办公室里改作业，跟几位老师聊天。言谈中，我察觉到大家也不想被传统的思路固化，如果可以优化作业设计，如果可以唤醒学生的学习热情，最终实现学业成绩的提升，大家都愿意去努力，去尝试。

在各方面的关心和支持下，我们的住宿条件有了改善。晚上支教队伍相聚，大家准备合租。安居才能乐业，稳定的居住环境，有利于支教老师全心投入工作，而人员集中，会相对安全，便于沟通日常工作，组织集体备课、教学研讨也会方便很多。

其实我们的要求并不高，每个人有独立的卫生间，大家有一个公共空间，可共用一台冰箱、一台洗衣机，环境干净不嘈杂，就足够了。

第二首亲子共读诗歌，我推荐的是蒋雪峰的《一只鸟站在天上不动》：

如果一只鸟站在天上不动/看着人间一声不吭……

同学们初次接触这样的诗歌，为它的新奇表达所吸引。

这首诗的画面感也很强，你看，“一只鸟站在天上不动”，多奇怪，难道就没有树枝为它所依吗？

又或许，这并不是一只鸟？

## 8.

南澳岛又称“风岛”，据说，一年三百六十五天，大风要吹八十多天。

这几日，岛上风大，上班路上，常见女老师们顶风前行，长发在风中乱舞。

我也好不到哪里去，风把水分从身体里抽离，嘴唇干裂，口腔溃疡多日，说话都疼。

早餐是一碗牛肉粿条，潮汕地区的特色美食。简单吃完，我骑着新买的小电驴去上班。

我们所在的后宅镇，以前叫隆澳，是县城所在地。隆澳之名，源于前江湾畔隆眼砂澳。清代《南澳志》记载：“隆澳南北皆面海，南为大海，北为内海，南称前江，北称后汐，澳人读汐若宅，故亦作后宅。”

生活在小县城里的人们，平日出行大多骑摩托车或者电动车，这样走街串巷比较方便，上班也是如此。想尽快融入当地生活，就需要跟南澳本地人的生活方式保持一致，支教老师都买了电动车，我们亲切地称之为“小电驴”。

我和余凯买的是新车，老板说，充满电能跑六十多公里，可作环岛游，听得我俩一激动，就很爽快地付了钱。实际上，我们从未骑它环岛过，因为岛上地势起伏，爬坡耗电太快了。我不敢跑远，充其量也就向西骑到长山尾灯塔，向东甚至都没有骑到过云澳。

在南澳，想要环岛，最好还是骑摩托车。看过电影《四海》吗？小镇青年阿耀骑着摩托车在最美海岸线飞驰的镜头，满是青春。

我开始着手给同学们准备诗歌本，专门用来抄写诗歌，以后也可以用它写诗。

本子的质量当然要好，发给同学们时，我很明确地告诉他们这是诗歌抄写本。他们很开心地闻啊闻，说有一股香味儿。

我教他们用花体字装饰封面，提醒他们不要用涂改带，即便写错了，也不要涂黑。一开始，会有孩子不习惯，写错了马上涂掉，于是封面上就会多出一团团“黑云”。

为什么孩子这么爱涂抹呢？难道就容不下半点错？

这就要谈谈“犯错”这件事。

有时候，我们的教育和文化喜欢追求正确与完美，容错率很低，为了防止出错，我们宁愿重复一千次。即便如此，还是会出错。真到出了错的时候，要么逃避，要么掩盖，总之就是不敢直面，不敢承认。

我很认真地跟同学们说："犯错是一件再正常不过的事，大人都会说错话、做错事，何况你们小朋友呢？不要怕，勇敢去做，错就错了，咱们及时改过来不就好了吗？"

同学们似懂非懂，估计一时还接受不了这么"时髦"的观点：原来犯错并不可怕。

我把这三句话用很大的字号写在了黑板上，同学们将信将疑，但还是抄在了书上：

不怕犯错。

勇敢试错。

及时改错。

我想了解他们回家后的学习情况，途径有很多，最好是去家访，其次是找家长来学校交流。目前最便捷的方式，是直接询问学生。

从聊天中得知，回家后，他们开始和爸爸妈妈一起读诗，这是一个新习惯，全班大部分同学都做到了。至于读书半小时的情况，也比前一天的表现好。

我趁机在黑板上写下胡适先生的那句名言："进一寸有一寸的欢喜。"

同学们看着我写，等我写完，读过以后，他们明白了意思，就抄在了书上。这也是日积月累的过程，最后积淀下来的才是核心素养。

《同步训练》是学校要求学生必做、教师必批的教辅，正确率往往不是很高，需要学生反复订正，而教师难免要追着学生纠错，这很像一些家长追着年幼的小娃喂饭，最终心力交瘁。

我决定改变做法，请一位自告奋勇的男生当小老师，用投影给大家讲解。简单的题，过一遍就好；复杂的题，可以讨论。对于台下的同学来说，这是可以参考的正确答案，及时核验，随时订正。如果觉得自己的答案更好，可以上台展示，还有机会获得我独家绘制的“星星牌超级无敌拇指”的点赞。

这番讲解过后，再把作业收上来批改，绝大多数同学都能得到“优”，错误率明显下降，正确率与自信心同步增长。面对作业，大家都很愉快，之前追着学生讨要作业的现象，几乎绝迹。

几天下来，我和 311 班同学逐渐融合，彼此适应。

看来有戏。

可能是年岁渐长的缘故，现在我有话就很直接地表达，不会像以前，开口之前会再三思量：我要不要说？我该怎么说？别人会不会不高兴？

心忧于开学已有多日，阅读氛围迟迟未能如理想中那样形成，于是我在班级群里直言同学们平时所读的书品质不佳，坦言我自己购买且“化缘”得来了一部分，作为班级读物。万幸，家长们都能理解这份真诚与善意。

“百班千人”还帮我们争取到“乡村星光读写教室”公益项目的支持。这是腾讯公益上线、儿慈会监督管理的项目，用来支持乡村阅读教室的打造。据说这个项目以班级为单位，服务周期一年，包括三期共读书、三期共读活动，以及班级图书角的配书。

还记得去年参加 99 公益日筹款活动，我发起的“一起捐”联合筹款金额最多，没想到，竟然在今日会以这种形式获得回报。我想，那就先带着 311 班参加，南澳的老师们看到后，如果觉得效果不错，也想试试，可以在第二年申请加入这一公益项目。

爱出者爱返。

几位支教老师终于选定一处民宿作为合租房。房东退休多年，乐观友善，我们喊他曾叔。曾叔很有意思，一生经历丰富，为人通透，眼界开阔。后来的日子里，我们相处得很融洽，交流的话题也多，即使我已支教结束返回深圳，我们还会时不时联系。

民宿的居住条件尚好，一楼有个小花园，有厨房，有一个公共空间可以备课，八位支教老师分别租住二楼和三楼的八个小房间。

在这栋民宿里，我们将要共同生活九个月。

我在班级群里推荐了第三首亲子共读诗歌，是蓝蓝老师的《我的爱是一棵树》。

借用诗中的语句，祝福和我一起支教的老师，以及我在海岛上的同事和学生——

当你们“在岁月里，继续奔走”，希望能够“笔直，高大，幸福地忍受烈日和暴雨，以及必然的刀斧”。

## 9.

南澳县教师发展中心组织小学各学科教研员和我们开了一个座谈会。座谈中，我介绍了深圳实验学校的备课方式、“双减”下的作业要求、大小课结构、期末测评的设计思路、全科课程建设以及语文周、数学周、英语周、艺术节、科技节等安排。他们很感兴趣，追问了一些问题，还专门看了我在语文教材上的备课记录。教师发展中心的黄主任表示很看重会上的这些建议，接下来会尽可能做一些推进。同时，他提到了南澳这边的教育困境与困惑：教师人均年龄在 48 岁左右，自我学习意识相对薄弱；大桥通车后，经济更加活跃，大量学生流出，选择去汕头读书，教师编制因而更加紧张，当地已经很多年没有引进年轻教师，缺乏活力自然导致教育生气不足……

我再一次深切感受到，变革有多不易。几十年来形成的局面，不可能在朝夕之间打破。

留给我的时间不多，支教时长不到一年，在这么短的时间里，我可以做什么？我能够做出什么？

有很多很多个夜晚，很多很多个白天，漫步在海滨路的栈道上，穿行在去往西校区的山脚井路上，我总会不断地追问自己。

从深圳出版社购买的书是分两批到货的。

第一批主要是《讲给孩子的百年梦想》，送达时，几个男生很兴奋地跑去门卫室领取，然后一起吭哧吭哧抬回三楼教室。

每个同学发一本，不够，还缺几本。我拿出随身带的《彩色的诗歌教室》补充进去。总得有书读，总得把书读起来，我心里才踏实。

下午来到教室后，发现同学们出去上体育课了。课桌上这里、那里都摆着我发给他们的书，看来他们还不知道“人离位，书归位”。

虽然桌面整理欠佳，但看到同学们有书读，正在读，还很爱读，我很振奋。我知道我在做一件什么事，并且确定这是一件多么正确的事。

我对南澳岛的了解正在加深。这里不仅风很凶猛，阳光也热烈，经过海水的折射，紫外线辐射叠加，我不得不把防晒服穿上。

同事们说，南澳的炒冰很有名，晚上循着他们的指引，去海滨路散步时，点了一份芒果炒冰。看到“炒”字，我以为是对冰块加热，“炒”成冰沙。及至看到店家一通操作，发现自己错得离谱——原来是将芒果榨成汁，冷却凝固后，反复翻炒，变成冰沙，撒上葡萄干、花生碎，就可以享用了。

望文生义要不得，如果总是生活在自己的一厢情愿里，就只能看到自以为是的世界。

南澳的教育，真的只是我看到的样子吗？

后宅镇中心小学西校区负责人庄主任找到我，邀请我给五六年级的同学上一节诗歌教学的公开课，他说老师们对我的诗歌教学都很感兴趣，想跟我交流一下。

以课为平台，以诗教为媒介，我期待真诚的对话与平等的交流。

今天给家长们推荐的亲子共读诗歌为诗人苏浅的《甜的》：

我感到快乐的那些早晨
豆浆是甜的，牛奶是甜的，太阳是甜的
我因此是甜的……

当我很快适应当地环境，熟悉当下节奏，方向明确，道路通畅，就可以踩下油门，加速向前了。

这样的生活，当然是甜的。

## 10.

你当像鸟，飞往你的山。

我说的不仅是塔拉·韦斯特弗的自传，也是我们每个人应该持有的生活追求。

山聚海上岛，岛立海中山。身处海岛，不去亲近大海，不去攀爬大山，这样的浪费会让人感到羞耻。

几位支教老师相约来到云澳，拜访驻扎在当地的深圳帮扶工作组。

我们来到深澳镇后花园村，这里有个叠石岩寺。

潮汕人素有拜老爷的习俗，见神即拜，逢寺敬香。岛上更甚。南澳寺庙众多，在后宅镇，几乎村村都有庙：武帝庙、祖师庙、天后宫、地母堂、圣王庙、妈祖庙……多到随处可见。敬神拜佛已成为他们的生活日常。

帮扶队给我们介绍了他们的帮扶工作。站在援建的茶园旁，平生无限感慨和赞叹。李队长跟我们介绍，前面山上有块石头很有名。顺着他手指的方向看过去，对面山上确有一块石头，写着一个“佛”字。

我们一行人翻山越岭，坚持爬到了这块“佛石”下，合了个影。

有时，我们需要自我证明：我来过。

茶园里的茶树可以证明当年的知青来过，新规划的茶园可以证明帮扶队来过，谁又能证明支教队来过？

云澳镇距离后宅镇十公里左右，从海滨路往隆云路方向一直东行，是一条景色优美的环岛公路，左手翠绿，右手碧蓝，无边海景相随身畔。这一路，随处可见细腻柔软的沙滩，看着无尽的大浪退去又涌来，真想马上脱下鞋袜，跳入水中，尽享这片天蓝蓝海蓝蓝。

半年后，封闭太久的人们旅行兴趣大涨，大家纷纷离家外出，南澳成了网红小岛。即便不是节假日和周末，进出南澳的车辆也很多，环岛路上来往车辆密集。遇到网红打卡点，总有不少车停靠在路边，更是增加了拥堵程度，也增加了环岛骑行的危险系数，那时已很难体验到我们此刻一路畅行的快乐了。

在李队长的带领下，我们经过电影《四海》的取景地，来到一处连当地人都不怎么知道的废弃防空洞。矮着身子，穿过幽暗，只见前方豁然开朗，无边的大海闪亮登场，像是在欢迎我们。

李队长说，这里是南澳最好的落日晚霞观看点。

我们到时，虽有云遮雾罩，但天边的几缕霞光正像一位高明的画家，在空中卖力地变幻着丰富的色彩。

后来，这里也成为我常带朋友们来的打卡点，无人打扰，尽享海天寂寞。

即使在周末，班级微信群里也不时能看到家长晒出孩子的诗歌抄写作品。一首美妙的小诗，经过同学们工整的誊写，再加上用心的绘画装饰，颇是赏心悦目。

阿德勒在《儿童教育心理学》里提到，为了激发孩子的心智潜能，我们应该努力培养每个孩子的勇气和信心，还要教导他们，不要把困难当作无法逾越的障碍，而应把困难当作需要勇敢面对和克服的问题。没有什么障碍是无法逾越的，就看是否有足够的勇气。海岛的孩子同样可以被唤醒，不会弱于深圳或其他地区的学生。我如此确信，像岛上的礁石一样坚定。

这一次亲子共读的诗歌，是金子美铃的《我的头发》：

我的头发为什么亮闪闪，因为妈妈总是抚摸。

我们的学生应该亮闪闪，因此需要去点燃。
我们的教育应该亮闪闪，因此需要去擦拭。
我们的生活应该亮闪闪，因此需要去热爱。

## 台风来袭，我们的脚步没有凌乱

### 11.

经过这段时间沉浸式的了解，我逐渐熟悉了本地的教育环境与节奏，在跟两地学校领导充分沟通后，终于完成了支教计划书。

我将计划提交给领队，同时发给后宅镇中心小学的黄校长，想听听他的意见。

支教过程中常常这样，要做好一件事，需要在沟通上花费大量时间和心力，既要向原单位领导汇报，又要和支教队领队沟通，还要跟支教单位领导协商。

从纸面计划到落地实现，中间有很多路要走，还无法确定是否会有意外发生。

例如，台风。

原计划周一晨会时给西校区五六年级的学生上一节诗歌课，因台风来袭，上午停课，只能取消。

变化太快，有些遗憾。

但风，真的很大很大。

在这大风天，我们还是将行李搬到了租住的民宿，各自收拾房间，然后去超市购买日用品——这分明是要安下家来好好干事业了。

我住在二楼，左右及楼上都是支教伙伴，仿佛又回到了学生时代的集体生活。

日子安定，心无挂碍，就可以放开手脚播种耕耘，且看能开几朵花。

## 12.

台风导致停课一天，正好用来收拾房间。

屋子里很安静，大家都在独立的空间里各自忙活着。

“百班千人”寄来的共读书到了，班级共读终于可以开始了。

住处附近有家东北小馆，炒菜尝着不错，主要是油水重，合口味。一份韭菜炒蛋就足以让我大饱口福，心满意足。

巧遇搭档海燕老师，她是311班的英语老师兼班主任。她的女儿正在读幼儿园中班，小巧可爱；一口普通话，声音清脆。自此认识后，她和隔壁312班映华老师的女儿都爱找我玩。

我喊她“小可爱”，问她为什么不说潮汕话。海燕老师告诉我，因为经常看动画片，里面的人物说的都是普通话，所以孩子也就不愿再说潮汕话了，虽然她能听也会说。

这个世界的变化正在加剧，仿佛在以二倍速快进，甚至是在文化传承几乎最稳固也最传统的潮汕地区也很难幸免。在短视频的冲击下，一代年轻人和新生代的孩子们的生活方式与理念已经深受影响，早已回不到车马都慢的从前了。

和房东曾叔聊天，得知他做过老师，曾经是汕头市陶行知教育研究会的成员，一生都在践行知行合一，行在知前。

他是我们的前辈，也是我们的典范。

曾叔是澄海人，农科专家，现在主要研究土壤学，最希望把南澳岛上快消失的澳梨和石榴救活。

老有所用，自不会老。保持一生的兴趣和热爱，这也正是让人年轻的土壤。

## 13.

一早醒来，台风黄色预警持续生效。

初来乍到，我们不了解这里的情况，不知道在这种天气下还需不需要上班。

看屋外风雨不大，那就照常上班去吧。

穿上雨衣，戴上头盔，迎着风雨，赶到学校。

路上行人很少，学校里也没人。原来还在停课中。

索性到三楼办公室，批改《同步训练》。这一次，错误率比上次还高。究竟是什么原因？是讲解不仔细，还是听课不认真？看来得找几个同学问问。

接着批改作文。

作文是我来支教之前同学们写的。批改进度更是缓慢。作文本太小，稍长的作文要翻好几页才能看完；写得不好的，看着更是糟心，没有章法不说，语言贫乏，语句不通，让人揪心。

我得改几本就歇一歇，分几次才能批改完，不然，心脏受不了。这些孩子，平时都能说会道，怎么一提笔，就写得如此“潦倒”？写作这一老大难问题，在这里明显放大了。

就在这一刻，我有了一个大胆的想法。

太大胆的想法会让人兴奋，也会让人饥饿。

熬到上午十一点，我饥肠辘辘地起身回宿舍。

下午南澳县教育局有人来访。终于见到当地教育主管领导了，第一次见，我们热情地聊天。我们这么大的一支队伍来南澳，固然会给当地教育带来新鲜气息，却也带来不小的压力。

南澳县的财政并不乐观，这是一个旅游海岛，虽然平时游客如织，但一直奉行“工业不上岛”的原则，财政收入并不高，相反，当地政府会在环境保护上投入很多。

支教队默契地达成共识，生活上也好，工作上也罢，一点小问题，能克服的就尽量自己克服，能解决的就尽量自己解决。多体谅他们！

晚上，啃了几块饼干，喝了一杯牛奶，然后去海滨路上跑步。

简餐，轻食，迎风，听浪，慢跑——积蓄力量，缓慢生长。

## 14.

上午我要去观摩全县五年级语文公开课——由东校区的一位老师执教《少年中国说》。

第一次参加南澳县小学语文学科教研活动，我很积极，在阶梯教室紧靠着学生的前排坐下。在这里观摩，最为直接和真实。

这时，我发现了两个有趣的现象：第一，学生几乎人手一本《语文教材解读》；第二，前来听课的老师坐得靠后。

课上得很传统，容量也大。跟大多数老师一样，想在一堂课有限的时间里装入太多的东西，结果定难如意。

老师的教学目标是希望同学们“会写，会读；会背，会说；会爱，会赞”。如果教学过程中只是一味地给，给得又太多，学生未必想要也未必接得住。

如何基于学情，努力做到以读为本，读出层次？

在大家评课后，应县里的语文教研员所邀，我现场分享了几点个人想法：

首先要创设学习情境，让学生主动想学。

例如，可以从影视剧《恰同学少年》或《觉醒年代》里截取青年学生演讲的高燃片段，并提出三个问题：

1. 他们在干什么？（指向课题）

2. 他们为什么这么激动？（指向背景）

3. 为什么他们的热情能打动我们？（指向文本）

然后落实“四读”。

一是读“通”，注重停顿，不求甚解。

二是读“懂”，解释字义，渗透文化。

三是读“会”，梳理结构，结合句式练习背诵。

四是读“透”，读写迁移，写出有力量的句段来。

如此一来，思路清晰明了，又能落到实处。教有所依，学有所得，不亦快哉？

大家听毕，似有所触动。散会后，一位老师找到我，说即使她要强忍着严重的口腔溃疡，也要跟我说会儿话，希望能听到我的公开课。

我欣然答应并提醒她：“你要多吃维生素 B。”

下午上课前，我把朋友们陆续寄来的书放在教室后的书架上，同学们看完手里的书，先还再借。

感谢安徽少年儿童出版社朋友们的慷慨支持，一下子寄来了 72 本书，够孩子们看一段时间了。加上之前我买的《讲给孩子的百年梦想》《童年的古文课》，以及朋友们的热诚馈赠，“阅读教室”看上去总算不寒酸了。看到无人问津的书架前开始有了同学们排队借阅图书的身影，更觉得努力是值得的。毕竟，孩子们的精神发育，耽误不得！

前几天发下去的抄诗本，今天收集起来看，封面都经过设计，很有想法，也很美观。抄写的诗品质也好，字迹工工整整，有的还着了色，配上图，怎么看都喜欢。

后宅不仅有书，还有诗。

谁说不可为？

晚上准备去海边跑步，出门前，被同来支教的心理老师小杨喊住，她要上道德与法治公开课，邀请我帮她一起备课。

杨老师悟性高，教育理念好，在细节处理上一点就通，不用多费口舌。

再多些这样的年轻人，南澳的教育，会越来越好。

## 15.

汕头市教育局来人看望支教老师，在跟黄校长一起等待的时间里，我跟他分享起这段时间我在311班的行动和由此带来的改变。

结果在接下来的会议中，还没等我作答，黄校长就主动替我介绍起已经着手制订并准备推进的支教计划，例如：借助各种资源配备了图书，赠送给学生《讲给孩子的百年梦想》；即将开始做海岛课程；准备推进两地两校学术联合活动……

亲耳听到自己的支教行动及计划通过他人之口说出来，心中的感慨又多了几分：我们要做和能做的，比想象中多得多。

我对黄校长的真诚和坦率又多了几分敬重。

此次支教，黄校长给我的印象极深。虽然还有两年多就要退休了，但这位教育战线的老兵依旧兴致勃勃，斗志昂扬，绝不躺平。

黄校长常跟人说，我同他聊教育、教学的话题，比他跟其他人聊的要多得多。确实如此，每次跟黄校长见面，我们只聊教育、教学，准确地说，是他在听，我在说——说我的创想，我的顾虑，我们311班的那些事……

黄校长是一位真诚的长者，也是一位耐心的听者，总是能够忍受我的聒噪，听我讲支教中的所思所虑，所行所想。我在他身上获得了正向的力与深远的情。

我跟黄校长详细交流过我的海岛课程设想：课程采取拼图模式，分成若干模块，每个模块一个主题，例如“石”“食”“寺”等，每个字代表一个主题，分别指向不同的任务清单；每个模块都要进行打卡式体验型作业，可以是项目研究，可以是学科融合，可以是论文撰写（如《我眼中的南澳》《我脚下的南澳》《舌尖上的南澳》等），可以是徒步行走，最后以华美的日出或壮丽的日落作为课程的谢幕。为了更具操作性，拼图也可以以手绘图的形式呈现，完成一项就在对应区域涂色，拼接起来，就是南澳岛的形状。

这番设计不仅具有鲜明的南澳特色，而且吻合新课标的改革要求，既可以奠定后宅镇中心小学的课程根基，又能让它更具影响力，甚至可以吸引外地游客加入，成为“网络南澳”的新内容。

交流中，黄校长提及有一个“写作小能手”的比赛活动，希望我能来东校区给学生们作指导。我一口答应。

如能让更多学生获得优质的读写教育资源，即便辛苦一点，又有何妨？

有很多事要做，有很多书要看。日子饱满，风吹不散。

# 继续发力，支教掀开新的篇章

## 16.

上午安排单元自测。

南澳这边的教学安排是每单元测评一次，虽然也有老师抱怨，但还是扎扎实实地完成了。我知道，老师们对测评的科学性存疑，但也想不出更好的方式。

我想，在这里有必要讨论一下测评的意义了。

“双减”背景之下，每单元一次的高密度测评，是否合适？这种现象，不单南澳有，其他地区的一些学校也存在。真正能做到“减”的，其实不多。即便学校减了，还有家长不放心，一定会在课外“加”上去。这是一个无奈又可叹的现实。

测评测什么？不妨先看题型设计——照样子写词语，组词填空，看拼音写词语……这些题目偏保守，而且单调，纯粹是为了练习而练习，无法放大语用价值。单就测评本身来说，理应是便于教师和学生的自我评估，也就是教、学、评一致；固然需要发现问题，但更重要的功能应是调节与激励，而不是考倒学生，让他们失去学习的信心；也不是考烦教师，让他们因学生的一时得失、忽上忽下而焦虑不安。理想中的评估，当是让师生更加享受教育本身，不畏惧考评，甚至喜欢上测评，因为可以考出成就感。

我所在的深圳实验学校，一个学期只测评三次，足矣。教科研部门抓好期末检测的命题设计与组织实施就好了。

不要担心学业成绩无法保障，要相信：把老师解放出来，他们才有心情去营造魅力课堂，创造活力课程。

教师的备课也是如此。

检查电子稿只会让老师疲于应付，有的老师无暇顾及，甚至只好去网上下载。资深教师，何不就在教材上写写画画呢？方便、实用，不会让设计与实施变成分开的“两张皮”。

下午和小吴老师一起听小杨老师的道法公开课。

毕竟年轻，也可能跟性格有关吧，她的语速稍快，显得密不透风。课堂上看起来热情澎湃，但需要思考的是，我们给予学生的空间有多少？

评课时，我从八个方面展开评析，鼓励居多。晚上又特意跟小杨、小吴这两位年轻老师细细聊课，两位年轻人听得很认真，记录得也很仔细。

聊到尊重儿童差异性的话题时，我带她们玩了一个游戏：将一张A4纸贴在额头上，用笔在纸上反着写自己的名字，最后看书写的效果如何。这样就能真切体会到读写困难儿童的书写状态，增进对特殊儿童的理解。

虽然，理解总是难的。

两位年轻老师很好学，对我也特别礼貌，一个劲地感谢我对她们的指导。我说，我也是一个女孩的爸爸，也希望自己的女儿能够得到他人的善待和友爱。

人同此心，世界大好。

## 17.

去海边散步，总喜欢看热烈的浪涛一遍遍拍打岸边的沙滩，看雪白的海浪一个劲地涌上焦黄的岩石，即便化作泡沫消散，也不泄气，鼓起劲继续热情地涌上去，再度化作泡沫，消散在茫茫水中……

如此这般，它们努力了千万年。是因为迷恋这块大陆，还是习惯了冲锋陷阵，即便粉身碎骨也不后悔？抑或只是一场宿命，注定是浪与岸的永恒游戏？

祥云广场上，人来人往。本地的，外来的，长住的，暂留的，老迈的，年轻的，嬉笑的，忧愁的……形形色色的人生。

听小诺读诗，是诗人闫超华的《捉迷藏》：

一个孩子躲着另一个孩子
出来变成一只鸟
在羽毛的部落
一座山躲着另一座山
山里的神仙做着鬼脸
看见残缺的月亮
噗吐，噗吐地哭了
一棵植物躲着一个动物
一滴水躲着一片海
黑色浪潮袭来
我们悄悄地躲进
自己的影子——
在那个小小的、孤独的角落
点上蜡烛，然后——
用一个白色小桶
去接月亮的瀑布

“一滴水”为什么要“躲着一片海”呢？

“是因为它害怕被大海吞掉。”小诺说。

孩子懂诗。

茫茫人海中，你我这两滴水，藏来躲去，又会在哪里汇合？

我愿在岛上，在诗里，在这本书中。

孩子也懂自己——

我是

我是一个大海
我只能自己拍打着石头
哭泣

韦银海（10岁）

诗人蓝蓝老师在线分享了这首诗，让我们看到，十岁的小孩可以写出多么豪迈又多么清浅的句子。诗歌这份古老又神秘的事业，孩子们可以纷纷继承，甚至发扬光大。

穿过广场，沿着海滨路向西又折返，往东走了很久，一路上想问题想了很久。最后，我决定将发给《中国教育报》“讲台上的诗人”栏目中的“诗主张”表述如下：

读诗，是为了在生活的缝隙里寻找光。

写诗，是为了在词语的缝隙里寻得爱，以及和爱相关的一切事物。

诗非谜语，却是生活的投影，是巨大的暗喻。

我带着城市和岛上的孩子读诗写诗，不是要让大家去当诗人，而是要注视生活，关心词语，发展语言，学会去爱。

诗由词语组成，词语背后是鲜活的语言，是灵动的思维。

诗中有爱，有光，有自由。

深圳实验学校的同事打来电话询问我的近况，同时带来朋友们的关心和问候。听到老朋友声音的那一刻，当真亲切！我们的笑声爽朗，如天上的明月。

我请他放心，我正在融入其中。

“在融入”，是正在进行时。这是发展中的生命。

支教生活，如同一幅乡村生活画卷，已缓缓展开。

每天骑着小电驴熟练地穿行在南澳县城的大街小巷，仿佛我已在这里生活了很久很久。

我们都是南澳的游子，浪迹天涯后回到故土，只想用有限的时光尽情反哺这块土地上的孩童。

家长们彼此炫耀：自己的孩子就在深圳来的老师班上。言语中不乏自豪。这是对我们这批支教老师教育热情与教学能力的认可。

深圳来的老师，有些不一样。

南澳岛上突然卷来一阵大风，掀起汹涌的浪涛。

我们正在改变着什么。

## 18.

改了一天的测评卷。

我看到揪心的真相：不少学生在语文学习方面暴露的问题多到让人几近绝望。

我没有夸张的意思，不是露丑，更不会嫌弃，只是清楚地知道这是我们必须面对且要改变的真相。

仔细分析以后，我找出了几个根本原因：

首先是书写潦草，缺乏系统、规范的训练。事实上，大凡书写差的学生，学业成绩都好不到哪里去。这里暴露的，更多的是学习态度问题。

其次是基础知识的掌握与基本能力的发展不扎实，词不会读，字不会写，阅读理解能力弱。很多词语的意思，孩子们读不懂，一篇长点的文章对他们来说仿佛就是天书。这也直接导致审题能力差，作文写离题的同学不少。

这些触目惊心的真相让我不免担心起之前布置的童话写作。

周五，我布置的写作任务是《我的海岛历险记》，需要学生将自己设置为童话中的王子或公主，想象该角色在南澳岛经历各种危险，最后由贵人相助，安全顺利地回家。

课堂上，我们将故事的基本思路和常规写作框架都搭建好了，只要往里面填充血肉就行。想到南澳岛上的孩子可能没有城市同龄孩子的书面表达能力强，我开始担心他们能否顺利完成这次写作练习。我要尽快找到对策。

当务之急是带领他们加强阅读，增加阅读时长，增强语言的积累，还要组织班级共读同一本书，这样可以通过一起聊书，提升学生的理解力、思维力和表达力。

作家李姗姗得知我在支教，问清楚班上男生女生的人数之后，寄来了她的诗集《太阳小时候是个男孩》《月亮小时候是个女孩》，男女生人手一本。

这是两本很有趣的童诗集，其中，让我印象最深的是这首诗：

一个橘子
会开两次花
一次在树上
另一次 在手心
剥开的橘子
是一朵盛开的花
一次 很香

另一次 很甜

如果你错过了橘子的第一次开花，请不要错过第二次。借助诗教，311 班的孩子们，一定能开花。

测评卷改得我晕头转向，以致错过了美丽的晚霞。

原来，这世界并不缺少美，而是缺少欣赏美的时间。

## 19.

终于找到机会，我给西校区五六年级共三个班的学生上了一节现代诗歌读写课。

他们之前没有接受过类似的教育。所以，这是一节现代诗歌启蒙课，给学生，也给听课的老师。

我先带着大家读英国诗人依尼诺·法吉恩的《什么是诗》：

玫瑰不是诗，
玫瑰的香气才是诗。
天空不是诗，
天光才是诗。
……

日常的见闻不是诗，诗歌需要动用想象力，才会带来惊奇感。

接着，我们读叙利亚诗人阿多尼斯的《在意义丛林旅行的向导》：

什么是空气？
灵魂不愿在身体里落户。
什么是镜子？
第二张脸，第三只眼睛。
……

我们读一句，聊一句。这种自问自答的形式很好学，但是如何答出新意，才是需要思考的。我让孩子们找自己喜欢的句子：“风是自由的灵魂啊”“镜子里有一张不一样的脸”……再说说为什么喜欢。

说着聊着，聊着说着，语言感觉的大门就打开了，诗歌的通道出现在我们面前。

原来，是我们太过拘谨了，不敢作大胆的想象啊。

原来，是我们被模式禁锢了，不能越过语言的边界啊。

原来，勇敢地违规后，我们就走进了诗的怀抱。

这时，我们再来写诗。对日常发问，然后自己作答。问题简单，但回答精妙。

诗歌的小种子，快要发芽了。

同学们已经抄写了一段时间的诗，诗歌本逐渐丰厚起来，诗歌的感觉也逐渐丰富起来，已经有同学在问："周老师，我们自己可以写诗吗？"

"再等等吧，再等等。那一天快到了。"

最近左腿微痛，脚发麻，应该不是风的缘故。

## 20.

来到教室，第一要务是静心读书。

"入室即静，入座即安。"这八个字，写在了黑板上，抬头就能看到。

我在慢慢培养 311 班孩子向上向善的行为习惯。

之前我们训练课前三分钟静息，一改教室里乱成一团麻、闹成一锅粥的景象，让原本躁动不安的孩子感受到安静的力量。

每天我都会尽早来到教室，引导先来的同学安静阅读，后面有同学陆续进来，也会先后进入读书的状态。这时，我会拍下他们享受阅读的样子，把视频发到班级群，让家长看看班级的读书氛围，看到自家孩子读书的模样。这既是对孩子们的诫勉与激励，也是对家长的引导和鞭策——于是，教室里的孩子加倍努力，更为专注；学校外的家长则备受鼓舞，信心大增。

打造一间爱阅读的教室，需要一群人的合力支持：学校号召，教师示范，家长支持，学生行动。良好的班级阅读文化，需要家校通力协作，同建共生。

开始，观念还未统一，彼此也不熟悉，这时老师就不能完全寄希望于家长能够出资充实班级书柜，或者添置家庭藏书。老师要主动作为，积极营造班级良好的阅读氛围，让学生有书可读，有时间读书。让家长看得到孩子的真切变化，家校之间才有可能达成教育共识。

在此期间，家长了解并支持孩子的独立阅读，而非不管不问甚至把书从孩子手里拿走，就算是给足了教育可作为的空间。

直到今日，我才发了个朋友圈，算是正式宣告我在南澳支教。

不断有朋友关心我在这边的情况。

作家彭学军和一些出版社关注到了，都安排寄书过来。这些书加起来，完全能够满足一个班自由借阅了，还可以让其他班有兴趣的孩子也来借阅。这下，精神食粮丰富饱满，鱼儿们可以在书海里畅游了。

别激动，后面还有“百班千人”的共读书呢。

下午托管时间，带同学们去操场运动，这才发现，岛上的孩子，虽然没什么小胖墩，但身体素质都不强，都上三年级了，短绳跳得还很生疏，他们看我跳得娴熟，都很惊讶。

一打听，才知道这里对体育运动的重视度还不够，上次健康检测，学生大多不合格，学校这才下决心要加大运动量。

我也很奇怪：不运动，不读书，孩子们平时都在忙什么？他们把时间用在了哪里？家长关注到了吗？老师研究过吗？学生自己有规划吗？岛上的有识之士了解过吗？

我也了解了一下学校运动会的情况，据说两年举办一次，各班选择好的运动苗子参赛，暂未设置全员参与的集体性比赛项目。

我脑子一热，需改变的清单上又多了一项。

但对于第一批来支教的我们来说，时间有限，所作有限。

优化支教工作，不妨借鉴帮扶政策，在充分了解支教地需求的基础上，按需调配各区、市直属校相应学科的优秀教师，并给这些老师安排合适的管理岗位，才能更好地发挥示范引领作用，也便于协调沟通和推进工作。

例如，蔡领队作为汕头支教队的总领队，应该在汕头市教育局担任一定的职务；南澳县支教队队长肖老师，应该挂职南澳县教育局；分布在各校的优秀支教老师，也应该在学校担任相应的管理职位。这样做，不是为了所谓“一官半职”，而是为了人尽其才，名正言顺地做好示范引领。

同时，还要考虑到延续机制，不能支教时间一到，就原地解散，留下一堆未完成、待完成的遗憾：支教老师所带的班，谁来接？已经开发出来的课程，如何延续？逐渐萌芽的改革理念，怎么推进？

相信有格局、有情怀的教育管理者，会来思考这些问题。

# 八方化缘，彩色教室渐成雏形

## 21.

教室里缺一个彩色的书柜。

我跟深圳出版社的老师谈起，出版社慷慨答应捐赠。我找来曾经捐献给云南巍山县美丽小学的彩色书柜的图片发给他们，建议参考购买相同的款式，又跟搭档海燕老师讨论了在教室里具体的摆放位置，方便学生们借阅。

多化些缘，就能多造福支教地的学子们。

上午去了东校区，跟黄校长讨论“写作小能手”培训事宜，初步商定为每周一节课，每节课一个小时，三到六年级每班推荐三个人参加，全校共一百二十多名学生参与培训。

终于找到在深圳实验学校小学部开写作社团的感觉了！得全校之英才而教之，不亦乐乎？

周末即着手准备开课内容。幸好，我在写作方面有不少资料——毕竟曾经写过《彩色的写作教室》和《彩色的诗歌教室》。

下午放学，想放松，想放空，一个人骑着小电驴，去往云澳方向。那边有一块芳草地，适合一个人看日落。

海风劲吹，海天辽阔，看一轮红日滚滚落下，壮美而无言。

我亦无言。

久立无言。

想起一些事，独自骑驴归。

## 22.

来南澳日子渐长，逐渐习惯了小岛的平淡生活：

骑着小电驴上下班。

吃清淡的饭菜。早、晚餐是小米粥，配香脆萝卜干。

奔走在东西校区。

去县城各个角落收取各种快递。

偶尔去祥云广场走一走，在南太平洋吹送来的海风中，看海浪不厌其烦地拍打沙滩。

有时也会想，就留在这里，就这么生活，不卷，不乱，不忙，不慌，亦是不错。

朋友们想来就来，不来也无妨，日子慢慢走过，反正还有一个冬天，一个春天，一个夏天。

学生恩萱申请加我的微信，通过后看到她发了一条朋友圈，如此写道：“这是我的新老师，叫周其星。”下面的配图是我的微信头像。

看到这，倒让我沉思良久，想我一直在追问的那个问题：“我的到来，究竟能给岛上的孩子带来什么？”

只是一股清新的风吗？

或许，还有希望的果实。

## 23.

原本以为今天会有一节整本书阅读公开课，跑过去一看，发现是一节常规的调研课。至于调研什么，如何调研，我还没搞懂。

不懂就多看，多观察，多记录，多思考，多躬身自问。比如：

老师盘桓于三尺讲台，却不曾迈向学生一步，是否合适？

牢守一篇课文，依循普通幻灯，按照多年经验施教，是否恰当？

碎碎念，念碎碎，讲坛真就变成教师一个人的“讲”坛，是否行得通？

改革的浪潮汹涌，不要天真地以为潮水过后，大地就焕然一新。

关山难度，沧海难越。小小岛上，有时涛声依旧。

下午跟几位老师讨论接下来“写作小能手”比赛辅导的具体事宜。

我看了以前的作文题，每个年级三道题，都很普通，是语文试卷上经常出现的那种，没有奇思妙想的空间和创造性表达的可能。

我有点踌躇了。很显然，辅导这一类写作不是我所擅长的，或者说，这不是我所钟爱的文字表达方式。

这样板正的应试作文题，乏味得激不起半丝写作欲望，那我又如何去指导学生？

《中国教育报》王珺老师发来链接，这期“讲台上的诗人”推出的是对我的报道。这是对我的一次重新定义：做一名讲台上的诗人——诗歌的讲台上站着一位老师，教室的讲台上站着一位诗人。我当下的教育日常，就是带着学生读诗写诗，跟一群热爱诗歌的朋友探索现代诗歌教学，当然，自己偶尔也会写写诗。

朋友们都在转发这个链接。其中一条颇有意味的评论来自冷玉斌兄。他感叹道：“也没见他与他周旋，他就做了他自己。”

我们深知，周旋是不得已，做自己更不易。

走到今天，也许在常人眼中，我错失过不少名利，直到现在还在丢失。但人只要往前走，就一定会舍弃一些东西。丢失未必是错，但有一点我非常笃定：我所守住的，都是值得的。

晚上剪了头发，精神了不少。前段时间的腿脚麻木，经过几次理疗，感觉也好了一些。

是不是可以大踏步向前走了？

## 24.

这几天，《童年的小作文》编写团队组建起来了。先研究编写思路，后讨论版式体例，最后确定年级分工。

我们都理解自己正在做的事。关于教材的单元写作，无论是教师的指导层面还是学生的写作方面，现状如何，身在一线的我们非常了解，分布在全国各地的语文老师也有话要说。支教接触了更多乡村儿童以后，这种感受更为明显：作文能力强的孩子，无须老师的指导；作文能力弱的孩子，急需老师的帮助，而这种孩子往往占绝大多数。需要有人为这些孩子做点真实有效的事情，让他们真的不怕作文，学会写作。

达成共识后，编写团队要结合自己多年的作文指导经验，形成合力，编写一套好读好用、切实对孩子有帮助的同步伴写作文辅导读物。我们找了大量同类作品细细研究，没有找到我们想要的服务性、针对性都很强的同步作文。因此，这是一件极有价值的事。

目前我最迫切的愿望是，这套作文辅导读物能直接帮助到311 班的孩子们。

## 25.

听小尹老师的数学公开课。

年轻老师很用心，虽然初出茅庐，但很有想法，善于学习，敢于创新。这段时间，她一直在精心准备，反复打磨课件。

每次参加听课活动，我总是去得最早，也坐得最靠前。

这是出于对授课老师的尊重，也可以对学生上课状态有更直接的关注。

今天的这节课，内容很多，环节密集。游戏虽好，但玩不透，仿佛蜻蜓点水，不过瘾。

晚上评课时，我特意指出这一点。年轻老师因为经验不足，很容易求多求全，面面俱到，过多关注环节却忽略细节，关注教程却忽略学程；担心时间不够，最后就只是走了个时间流程。

老师在课堂上无法从容展开，自然也就不敢把时间交给学生，学生的发展成为一句空话，学习难以真正发生。

这些毛病，我以前都有，比之更甚。做好减法，充分留白，才有发展的可能。这个道理我懂，但落实到课堂，实践在生活乃至人生中，我花了数十年时间去领悟和调整，更别说年轻老师了。

就课说课吧，玩骰子这件事，很新鲜，也稀罕，那就不妨多拿出几分钟，让同学们尽兴地玩一会儿，不要怕撒开手就收不回来。只要在脑子里多准备几套方案、几种说辞，就可以转回正常节奏。具有充分的预设能力，是一位教师的备课基本功。

作家彭学军老师赠送的书都收到了，恰是孩子们爱看的。

彭老师懂孩子。对儿童文学作家来说，这是必修课，更是先天优势。

我特意发了一个朋友圈：

> 《晴天有时下猪》《我和小姐姐克拉拉》《弗朗兹的故事》，“彩乌鸦系列”，更有《腰门》《奔跑的女孩》《建座瓷窑送给你》《天牛的假期》……彭学军老师听闻我在支教，迅速安排寄来好书，孩儿们有福，书越来越丰富了。深圳出版社允诺会给我们寄来彩色书柜，翘首以待中……

新蕾出版社的朋友看到后，立即跟我联系，说要寄书来。

正好应了朋友说的那句话：“星星在哪里，就把阅读的光照到哪里。”

我在深圳时带过的学生可乐是个很有才气的小姑娘，也是个小诗人。她妈妈知道我现在正带着南澳的孩子读诗、写诗，特意发来一张书影，说南怀瑾老先生在《论语别裁》中提到了“中国人为什么提倡诗和礼”。她摘取书中这句话与我分享：“中国过去不专谈宗教，人人有诗的修养，诗的情感就是宗教的情感，不管有什么无法化解的烦恼，自己作两句诗，就发泄了，把情感发挥了。”

南师所言极是。这不就是借诗歌之酒杯，浇心情之块垒吗？

我带学生读诗、写诗，不只是进行文字的淬炼，更多的是以诗教化，以诗育人。

转眼就是十一月了，冬日近在咫尺。

在阿多尼斯的诗里，冬是孤独，夏是离别，春是两者之间的桥梁，唯独秋，渗透所有的季节。

学者陈嘉映在《何为良好生活》中坦言：“不管好坏，你生存的社会就是这个样子，你要是有心好好生活下去，就得在这个社会现实里建设你自己的良好生活，说到底，没有谁应许过送你一个良好的社会环境。”

何谓建设自己的“良好生活”？

“这种建设包括批判，也包括改造。只是，我们不要让批判流于抱怨，更不要因为习于抱怨而放松自己。”

这番话好像是在为我的日常作注解。

长期以来，我已经习惯于默默去建设。我不再抱怨，因为这对现实的改变毫无意义。现如今我有一点点的努力，进而有一寸寸的欢喜。

如此，可通往“良好生活”。

## 26.

安徽少年儿童出版社要把我的海岛支教日记列入年度选题计划，编辑甚至把申报书都写好了。

我时常反问自己：我写下的这些七零八落的文字，有几人看？

我对编辑说，我会写得很任性，很碎片化，可能不会有多少人感兴趣。

编辑不信我的说辞，只信我的文字，说那里有理想，也有真诚。

这两个词，分量很重。如今，少有人提及。

读诗抄诗已有多日，终于借得谢尔大叔的光，开启了写诗的新篇章。

同学们第一次写诗，就从《如果之歌》开始：

如果考试不及格，该怎么办？

如果没有人喜欢我，该怎么办？

如果我长不高，该怎么办？

……

读完谢尔大叔的这首诗，我在黑板上写下“如果”两个字，鼓励大家都来说说“如果”，说说假设，说说想象，说说童年的各种担心。

一开始，我发现他们的思路打不开，就示范着说了几句“出格”的话，帮助他们打开思路。一旦有人的想法越过“雷池”，就刹不住车了。

因为是第一次写现代诗，孩子们在分行上容易出现问题，有的同学将一个词拆开，分别写在了上下行。这种现象很正常，及时发现也是好事。为了解释清楚，我跟他们举例说：“写诗分行就像把一堆鸡蛋分别放在几个篮子里，但不能把一个完整的鸡蛋打破了。每个词语都是一个鸡蛋，别打碎了就行。”

孩子们聪明着呢，一听就明白了，回去再写时，“鸡蛋”再也没有“打碎”过。

现在，“如果”已成为我们的魔法词语，“如果”游戏，在我刚出版的新书《更大的宇宙》里玩过。这是一个离他们很近的词。

黄铱漫同学写的是自己的担心：

如果天上没有月亮和星星该怎么办？
如果世界上只有我一个人该怎么办？
如果地球不会转该怎么办？
如果桌子长了两条腿该怎么办？
如果花儿会说话该怎么办？
如果风把学校吹倒了该怎么办？
……

她在诗中提到了今天的大风。

做操时，写诗之人的头发就在风中乱舞，她倒是不担心头发吹乱了不好看，只担心风把操场吹走了，该怎么办。

铱漫看到了生活中的诗意，也提取了诗歌的真意。

写诗就像在做梦。写下“一长一短忽一长”的句子，好似那些记不真切的梦境。有的清晰，有的模糊；有的真切，有的变形。

不要怀疑你的梦。

要有梦，要去造梦，去追梦。

著名科学家颜宁放弃普林斯顿大学的教职工作，来到深圳创办医学科学院。消息一出，谁都不敢相信。

我喜欢颜宁说的这句话：“深圳不是卷都，而是一个有梦的城市。”

我在南澳也有个小小的梦，正在慢慢践行。

## 27.

良好的班级读写氛围，需要日常的苦心经营。

书架上多了一些书，就要引导同学们学会排队借书、还书，而书怎么取、怎么还，借书时怎样快速选取，还书时如何摆放……都有讲究，都需要具体的指导和帮助。

作为老师，每天要更早一点来到学校，等待同学们陆续来到教室，放下书包，入座即读。这时，你可以拿出手机给他们拍照，为他们录像，还要选好角度，注意拍摄效果，再把精选的照片和视频发到家长群里，让这世上最关心这些孩子的人，看到他们此刻最好的样子。

家长们看得见孩子的努力，也看得见老师的用心。如果大家都能逐渐适应并认同这样的班级文化，好的教育生态就会不断形成。

但，这还不够。

我把目光投向学生的家庭。

这些孩子，之前不怎么读书，一是因为无书可读，二是因为他们的家庭并不重视读书。

潮汕地区有崇尚经商的文化。我在街头的一些小店里，见过给家长帮忙、打下手的穿着校服的学生。我经常去用餐的那家小饭店里，哥哥妹妹都读初中了，但一放学，都会来到店里帮忙，或帮助客人点餐，或收拾桌椅餐具。

这是岛上的孩子朴实能干的象征。

但是，生活总得有所变化。

我跟同学们说，我刚买了一个咖啡机，是那种做胶囊咖啡的简易机器，做出来的咖啡很香，欢迎爱读书、爱写作的孩子到我住的地方来玩，我会给他做咖啡喝。

“咱们班谁是最幸运的第一人呢？”

我这么说着，就看到孩子们眼里闪着的热切的光了。

我继续描述：“一个好的阅读环境可能是这样的——南澳岛总是风大浪急，屋外有无数怪兽在嚎叫。而我安然端坐在一张小沙发上，面前有一个小书架，书架上摆放的都是我最近在看的书。一盏小台灯发出温暖的光，我手捧一杯热咖啡，沉浸在奇妙的故事里……这样的场景，是不是想想都很美好？”

大家纷纷点头。

我趁机建议他们回去跟家长说，争取实现这个小小的梦想，为自己创造一个温暖的读书角落。

晚上，就有家长发孩子读书的照片给我了。

同学们很希望被老师看见，很在意自己是第几个做这件事的，很关心自己在班上的存在价值。

当我把这些同学在家读书的照片发在班级群后，更多的家长也开始发自己家孩子读书的照片了。虽然没有像我在深圳带的班有那么多积极跟进、积极响应的家长，但也有十来人呢。我已经感到非常惊喜，小小的良好的阅读生态开始有了雏形。

我乐滋滋地根据他们的照片取景一一点评。

我对熙航说："小书桌＋小书架＋小台灯＋小水杯＝爱读书的小人儿。"

对小益说："小杯子在手，格外闲适，深得自由阅读之要义。"

对李悟说："一灯照隅，阅读有光。"

……

只要用心，就能看见。只有用心，才能改变。

故事并没结束。这只是开始，还要继续，不断强化，才能让更多人认同并自觉遵行。

文化，当然是一道景观，但首先是一个过程。

## 28.

原计划今天要写《问题之诗》。

没想到，刚被诗歌吻醒的小孩，思绪已经放飞。看到他们的自由创作，我惊喜不已。

班级里每进行一次诗歌创作练习，我都知道，会收获一批好诗。就像出海打鱼的老船夫，确信当天一定会有好收成。你看——

胡欣悦同学写风筝：

风筝是个飞行员，
它的玩伴是风。
风筝带着我随风飘扬，
玩着玩着我发现，
我和它们成了好玩伴，
只要我想玩风筝，
随时都有风。
就像风是妈妈，
我是风筝。
风筝乘着风，
前进，飞翔。

转喻如此流畅，简直不像是初学写诗的学生的作品。

小益同学连珠炮似的发问：

作业在外星存在吗？
成长为什么这么慢？
我的头发为什么这么短？
铅笔能变短，为什么不能长长？

书能有嘴巴吗？
天塌了我得去哪儿躲？
魔法有没有？
神仙又出现在哪里？
人们的祖先在哪儿？活着吗？
我的梦是真的吗？
外星人的家在哪里？存在吗？
我能长多高呢？
……

最早的诗歌，应该是源于对日常生活的一次次好奇。

锦斌的问题聚焦科学：

人会冬眠吗？
鱼会飞起来吗？
牙齿会长脚吗？
云朵为什么会飘呢？
人能长生不老吗？
仓鼠能钻洞吗？
衣服能自己发热吗？
太阳为什么会发光呢？
黄金是沙子变的吗？

这一切都是未知的，
一切可能都等待着我们去探索。

最让我惊喜的是梞懂。她没有写问题，写的是岛上的礁石和风浪：

礁石

礁石的角
非常锋利，
浪一来，
分开了。
风一来，
也分开了。

写完这首诗，梞懂按照我的提示，投稿参加星星新诗社原创童诗大赛，最终获奖了。她是班上第一位获奖的小诗人。

海岛上的孩子，当然要写海岛的诗。梞懂获奖，毫不意外。这也在班上激起了更高的诗歌创作热情。

我欣喜地看到，诗歌在孩子们身上正发生奇妙的变化，更让我惊叹的是，同学们笔下的诗歌，正与他们的生活息息相关。

就像我自己，来到海岛后，言谈中总会取用海岛的材料来比况。

同学们也是如此，他们落笔行文，笔墨间总有风呼啸而过，海浪拍打礁石，风筝在海岛上空飞舞……写的都是他们对自由的向往。

诗歌消弭了城乡差别，也让地域语言焕发生机。

只要多读诗，自然能用文字的大锤击碎坚硬的思维外壳，在反复捶打中，祛除杂质，提取精纯，留下诗一样的文字，闪闪发光，款款动人。

当然，不同地域、不同环境下的儿童，所见所闻所感不同，流泻出来的文字也不一样。

楒憧妈妈得知女儿写出了好诗，也很激动，给我发来信息说："感谢老师，你的每一次点评对她都有很大的帮助，现在她学语文比原来更积极了，感恩老师的到来。"

家长的反馈让我看到，因为我的到来，点燃和改变有了可能；这一切的努力，有了意义。

一个充满热情的老师，带着学生去拥抱热腾腾的生活，去读，去写，去表达自我，去奋力成长，这本身就是一件有意思的事。

那些固有的老办法、死套路、旧模式，只会让日子失去光泽，让学生失去色彩。

朋友说，何不用诗歌来对抗荒诞？

诗歌？我愿有这样的伟力！它无心去对抗什么，它只是说自己的话。

不过，确乎有神奇之事发生。

班上有两个平时成绩很不理想，作业书写拖拖沓沓、质量也不高的学生，开始提笔写诗了！

诗歌让他们的文字鲜活了起来。

诗歌让他们的神情鲜亮了起来。

没想到吧？

在失去希望的地方，有光在闪烁。

## 29.

今天期中测评，语文的测评内容其实不难，做得费劲是因为同学们的理解力很弱，书写也差。前者需要大量阅读来弥补，后者需要长期的书写训练来提升。

班上成绩最好的小蔡同学，每天练字打卡，他用的是蒙在字面上描着写的字帖，并不利于书法练字，我不建议使用。

我寻思着，还是得尽早给他们准备一套好用的书法字帖。在深圳，我们用过的胡三元字帖就很不错，于是计划着先给孩子们试试。

隔壁班的映华老师，也想让我带着她的学生一起读书、写诗，热情很高。我想，倒是可以鼓励映华老师先做起来，我也会去她班上讲讲课，或者两个班一起上大课，未尝不是一个好办法。

从下周起，我要着手进行“写作小能手”的培训了。

下午，照例去海边栈道看日落。

云层太厚，落日几乎不可见，但还是从云缝里泄漏了一线光。

有些光芒，一旦生发，就是遮盖不住的。

# 在熟悉的风景之外深耕

## 30.

有人说，你不习惯的生活，终将成为你要接受的日常。

我显然已经接纳了南澳的生活。

一大早，同学们陆续来到教室，上课前看起来没什么事可做。通常他们热衷于跟旁边的同学聊天，而不懂得去书架上找书看。

可能是因为书架缩在教室的一角，大家不习惯特意走过去；也可能是因为书架太高了，嵌在墙上，也嵌在视线之外，而他们还小，个儿不高。谁会经常抬头去看角落上方还有什么呢？

我从未如此急切地等待着彩色书柜的到来。

在西校区门口站岗值勤时，跟一位老师聊到南澳的教育，言谈中，他有着欲说还休的无奈。

说班上有很多学生成绩拉垮，虽然才三年级，就已经感觉到无力回天。

我问是什么原因。他说一开始家长就不重视，根本就不管孩子的学习，成绩跟不上，各方面的表现都很弱，哪怕提前让他背好一篇同题作文，上了考场，他还是一个字都写不出来……

这番谈话，信息量不小，却也撕开了一道口子，让我看到乡村教育冷峻的现实。

我没有被这些归因说服，也并不认同这位老师的观点和做法，但学生呈现出来的学习状态，确实让我惊讶。

更让我吃惊的是他接下来说的这番话："期末成绩掉队了，是要被领导约谈的。"

见我很好奇，他耐心地解释："当然，领导会很客气地说请你去办公室喝茶，但有的老师出来以后就哭了。"

这有点超出我的想象了。我甚至会忍不住想：我也会有这一天吗？

这样想并非杞人忧天，我接手的 311 班据说成绩很好，这些天来，我们把更多的时间和精力用在了读书和写诗上，有意避开大量做题、刷题和抄写练习的常规做法，如果在短时间内进行测评，能保证成绩没有退步就是万幸，临到期末，掉队的可能性很大。那我也要被约谈了吗？

教书快三十年了，我当然不会怀疑自己的教学水平，也不会担心学生的成绩，毕竟，我教过那么多班级、那么多学生，已经用铁一般的事实反复证明：爱上读书的学生，成绩不会差！

难道，我的信念会在这里翻船？

虽然登岛时间不长，但从接触过的老师、家长和学生的反应来看，他们对一件事有着虔信："多做题，成绩就会好起来的。"

如果学生的学业成绩不够好，那就是题做得还不够多。依据这一逻辑，再去观察当地的教育现象，灌输式教学方式大行其道就不难理解了。大家都不会选择多读书，因为这样见效慢，看起来对成绩提高帮助不大。由此带来的负面效应显而易见——因为大量刷题，书写就很差；因为不读书，阅读理解能力薄弱；因为读书少，阅读积累单薄，只能花大量时间去背作文来应付考试……

长此以往，教育能好起来吗？

即便不请我去喝茶，我也要主动去喝一次茶。这关乎教育观念的变革，关乎教育生态的扭转，我想主动去聊聊。

当然，我也会怀疑，这样有用吗？

几十年来几代人积存的习惯，仅凭我一人之力，就能改变？

是螳臂当车，是精卫填海，还是痴人说梦？

值得庆幸的是，同事的这番说辞并未得到验证，后面的日子里，领导的约谈也没有出现过。

看到一个叫章芸的女孩向我走来，手里拿着一本书，是《彩色的诗歌教室》。如同黑白的世界里多了一抹明黄，这个世界顿时生动了起来。

我想起她妈妈发过一个朋友圈，引用了我朋友圈里的几张照片，并用一大段热情洋溢的文字描述了我来之后孩子的变化：“……女儿说，她觉得上语文课不再枯燥乏味了，也学会了写诗歌，还学会了朗诵并鉴赏别人的诗歌！很感谢周老师，引导孩子们学习并让他们喜欢上学习！”

章芸妈妈的语言质朴，情感真挚。

我不敢辜负这样的期待与盛情。

## 31.

周五的晚餐是小米粥，蒸红薯。

周末的早餐是小米粥，蒸玉米。

支教生活如此简单，小米粥的主旋律不变，搭配可以灵活变换。比如说，房东曾叔送给我一瓶潮汕特产——香脆萝卜干，简直是吃粥的绝配。

用完早餐，就可以专心批阅试卷了。

先看看同学们的阅读理解能力如何吧。

题目要求，将这个句子改成拟人句：“嫩绿的柳条在春风里飘荡。”

有学生直接加了一个“像”字，就认为自己完成了：“嫩绿的柳条像在春风里飘荡。”

这是典型的比喻、拟人分不清，用一个“像”字来“包治百病”。

要求“仿写”句子，有学生一字不改，直接变成了“抄写”句子；要求用修改符号改病句，更是原封不动，丝毫未改，不是没看见，而是真的不会。

缺乏长期阅读的训练，自然难以发展和培养阅读理解能力。阅读理解能力上不去，刷再多题也是白忙活。

再看看这次作文写得如何。

习作要求写“秋天的景色”，学生一开头就直接写道：

一天，是秋天，我对妈妈说：“秋天了，我们去果园摘水果吧。”妈妈说：“好的。”和妈妈开着电动车来到果园里摘水果。我就想到了一个关于秋天的词，秋高气爽。我和妈妈一起去摘大西瓜，我和妈妈一起回家，全身黏糊糊的，洗完澡，我们开始享受秋天的美食。

语句是否通顺，重点是否突出，层次是否清楚，这些姑且不提，我只是很好奇：秋天在哪个果园可以采摘到西瓜？我听说过南澳的西瓜很甜、很好吃，不过，那也要到明年夏天才能尝到呢。

这样一篇作文，我该给什么等第、判多少分呢？

之前我一直担心的问题还是爆发了：没有阅读，如何积累？没有积累，怎么表达？

再看学生的作文，他们离生活太远了，严重缺乏生活体验，实在憋不出东西来，这就是巧妇难为无米之炊了。

不说学生，老师也是如此吧？

有多少人能对天气的转换有细致的体察？有多少人能捕捉到季节的变化而生发感动？有多少人可以真实而细腻地活着？

我觉得我们语文老师也可以写一篇同题作文，看看我们的笔下能描摹出怎样的生活和感受来。

我越批改，越沮丧，学生的底子太薄，想让他们茁壮太难了。

离开了深圳的“卷”，适应了南澳的慢，习惯于潮汕的清淡，前途漫漫。

一个人在房间里，改了很久的试卷，气氛压抑，几欲抓狂，赶紧放下手头的活，去海边寻求疗愈，恰好看到落日绚烂。

## 32.

期中测试，结果不好。

成绩不好，心情不好。

40 分以下，就有六个人。

最低 15 分。

这两天散步时，小尹老师和在初中支教的周老师跟我谈起他们所在年级、班级学科的测试情况，也是一片惨淡。

大家都在感叹，同时分析具体原因。

我们发现，学业成绩差的学生，都有“三不”特征：上课不听、作业不会、回家不管。如果一开始不重视，后面的差距会越来越大。

想想看，三年级就有这么多的“不懂”和“不会”，后面将会继续掉队，那他们继续深造的空间只会越发逼仄。

真替他们着急啊，但我仍不死心，还是使出了浑身解数，比如，购买了一些小奖品，制作表扬信，逮住机会就奖励他们，使劲地夸赞他们。

再如，下课后，我会找几个学生到办公室，给他们单独辅导功课。家长没时间、没精力管，我们做老师的可不能不顾。

激励机制运行起来后，还是有效的。表现优秀的得到了奖励，会直接激励那些暂时落后的同学。一定会有人想努力去做点什么，因为大家知道，在 311 班，只要付出了努力，取得了进步，都会有这样或那样的小奖励。

这并非是最好的，但可能是当下最合适的教育方式，我必须下猛药，出重奖，唤醒他们对自我的认可，对学习的兴趣。

我的奖励，不能缺席。

托管结束，我送同学们到学校门口，夸了其中四位同学:“试卷订正得特别认真，离奖励很近了，明天有希望！”他们开心地跟我说着再见，坐上爷爷奶奶的电动车回家了。

明天，我会继续关注他们的状态，要让他们跳一跳就能摘到果子。只要努力，就能不白跳，够得着。

努力，需要被看见。

孩子如此，大人也是。

下午有同事跟我说，311 班的一些家长也被我点燃了，居然写起诗来。她把截屏发给我看。原来，小诗人陈小益的妈妈发了朋友圈，满屏赞美，竟是以诗行的形式：

因为周其星老师
一个个诗人在彩色教室里诞生了
诗歌不必去密林远山苦寻
它就在孩子的脚下
在激动的眼前
在颤抖的手中
在你奔涌的心里

在你恍惚的瞬间

## 33.

有方法地唤醒、持续地鼓舞，这是我一贯的教育方式，在南澳也不例外。

语文教材学到了第五单元，人文主题是“要有一双发现美的眼睛”。

这就需要留心观察。但学生并不知道该怎么“观”，如何“察”，怎样做叫“留心”。这不是理解力的问题，而是方法论的问题，我们要给学生讲清楚原理和方法，以他们能懂且好懂的方式。

最便捷也最通俗易懂的方式就是打比方：

我们的眼睛就像摄像机，启动后，可以将看到的都记录下来。

我们的眼睛也是放大镜，能够看见别人看不到的事物。

我们的眼睛还是显微镜，可以看清更多细节。

听我这么一番比喻，同学们似乎懂了。这些知识点，对不少同学来说，都是理解的难点，不能以为讲过一次就不用再提了，相反，我们需要反复讲，讲反复，在各种场合，讲各种例子，用各种方式。

保持一定量的反复训练，将知识变成能力，方法变为习惯。

说巧不巧，老天也来帮忙，晚上正好有月全食，可以好好“观察”。

岛上的天气变化无常，一开始还能看到月相变化，紧接着就下起雨来，很快雨又停了，云破天开，月亮出来。这时，就能看到月全食生光、复圆的全过程了。

如果老师不号召，不提醒，不鼓励，家长和孩子对此都不会在意。月亮兀自圆缺，跟我们毫无关系。

我在班级微信群里发了一条消息：“教材第五单元强调要学会观察，今天在语文课堂上跟同学们聊到要让我们的眼睛成为摄像机，成为放大镜，成为显微镜，这样才能抓住生活里的细节和美好。今晚，月亮很卖力，它用自己的变化给我们上了一节课。同学们，快出来观察吧！”

不少同学走出了家门，跟我一样，抬头望月。

我们就这样练习“观察”，同时把观察到的变化记录下来。

在用中学，学以致用，拥抱真正的学习。

## 34.

晚餐时，小尹老师跟我讲，办公室老师（主要是语文老师）都在议论我。

说我什么呢——

那个深圳来的周老师，原本只要轻松地吹吹海风，赏赏美景，没想到他改作业改到凌晨一点，而且就算他这样很努力地教，学生照样有考不好的。

听小尹老师转述完，我哈哈大笑。

有人误传且不得要领，不足为奇，不以为怪。

人们都是活在自己的逻辑和认知里，只能听到自己想听的、看到自己想看的。

我没有去跟他们解释真实的情况。

上午的语文组教研会上，各年级备课组长要汇报期中考试成绩，并进行分析。

开会前，教研组长丁老师请我待会儿说几句，我推辞了。

我的本意是私下说说可能更好，因为有些话不适合在众人面前说。

但在会议结束前点评并总结时，丁老师一声叹息："为什么大家都在很努力地教，学生却一直考不好？"

丁老师又说："想听听深圳来的专家的意见。"

我就这样被点名了。

我只好站起来说了说自己的看法。我是站在"语文人"的角度来说话的。

我说："大家都在吭哧吭哧努力地教，如果换来的却是三门主科里语文分数最低的结果，这是对我们语文人的侮辱。”

我用了“侮辱”这样一个看起来挺凶狠的词，也是想对在场听众产生较大的冲击力，引发大家的共鸣和思考。

我继续说：“如果南澳岛上的学生不断减少（这是一个趋势，也是一个客观现实），教师超编严重，财政拨款吃紧，年轻教师无法入编，教育活力不够，就会导致更多的学生流失，由此形成恶性循环，这对大家、对南澳都很不利。这次四五年级居然出现了五个超低分，也让我极为震惊。我们的努力如此低效且廉价，这让人不得不反思以下几个问题：一、我们为什么而教？二、我们教得怎么样？三、有哪些是可教而未教的？四、有哪些是不可教却一直在白费力气的？五、为什么要考试（测评）？六、要考出什么效果来？七、我们需要在哪些方面做出改变？

“打个比方，大家都在抱怨学生基础不扎实，那是不是应该追问：‘我们在平时的教学中，不是都把主要精力用在抓基础知识上了吗？为什么大量的投入并不能见效？’再如，平常测试也好，训练也罢，大家总觉得学生的作文写得不理想，那么我们还可以追问：‘平时的作文指导大家是怎么做的？效果如何？该怎么调整？需要面向哪些学生？’

“所以说，当老师的，不能单纯依靠经验主义埋头苦干，最后陷入疲于奔命、吃力不讨好的境地。聪明的老师，会多去观察，多去比照，多去借鉴和反思，多去总结和改变。”

我的话说完，也就散会了。

大家想要的答案呢？可能还在风中飘。

去三年级组办公室小坐，我们再次聊到改变的话题。

我建议大家，尤其是语文老师，要多读一点书，多一些语文人的浪漫和诗意，多去接受新鲜事物，一点点尝试改变。

以指导学生读书为例，绝不是找一份书单丢给家长就万事大吉。除了找到优质的书单，还要配备充足的好书、适合这个年龄段学生阅读的书，要给足时间让学生读书，一开始可能还要家长和老师陪着他们一起读，要腾出时间跟同学们聊书……这是一件很专业的事，需要运用专业精神去研究，去推进。

我提到，根据安排，第 14 周会有一个全县的公开课及讲座，我会讲讲整本书阅读的班级实践，结合岛上实际，做一个详细的展示与分享。

我把所思所想说得很清楚，老师们听着都很激动，也很认同。不过，之后还会向我咨询、了解，寻求进一步帮助的老师，几乎没有。

日常生活，人们都是循着惯性而来，过去怎么样，现在就怎么做，将来也是如此。

仿佛这是千古不变的定理。而我说过的话语，已经化作岛上的风，不知吹到哪里去了。

下午，终于看到了南澳岛最美的日落。

我拍下视频，发在班级群里后，号召同学们写诗。大家回应很积极，写诗的热情很高。

看来，我说过的话，在班上更见效果。

小益的诗，写得很不错：

红红的落日
慢慢的速度
走回家
他和大海的告别
把天都染红了一大片

李悟的最后三行写得特别棒：

太阳慢慢落下
我们慢慢变老
苹果也慢慢变老

就这样尽情地、恣意地、不管不顾地写起来，自得其乐，偶有佳句，不亦快哉。

日落总是令人不安

无论它浮华富丽
还是一贫如洗
但尚且更令人不安的
是最后绝望的那丝闪耀
它使原野生锈
此刻地平线上再也留不下
斜阳的喧嚣与自负

这首诗，初读惊叹，再读我却发现不对劲——原来是博尔赫斯的作品。

写诗的同学对原创没有概念，问了孩子几次是自己写的还是抄的，回答都是自己写的。我很明确地告诉大家：原创就是全靠自己想、自己写，我们初学写诗可以模仿，但最好的诗，一定是自己创造出来的。

晚上，在海滨栈道边走边听北京师范大学的叶菊艳老师给我们名师工作室讲《教师如何基于工作开展研究》。叶老师娓娓道来，声音温婉动听，讲得很细，听来很是受用。

和叶老师相识于中关村三小雄安校区三周年的活动上，当时有一个半天是我的诗教专场，叶老师现场看了我的诗教课，也听了我的讲座，她从学生现场创作的诗歌作品里看到了现代诗教带来的语言惊喜。

如今，我在南澳岛继续带着学生读诗写诗，正是基于支教工作，探索彩色的诗歌教室在海岛生根萌芽的可能性。

也就在此时，班级群里不断涌现同学们的诗歌新作，仿佛海浪前赴后继涌上沙滩，无限欢欣。

## 35.

“南方 +”报道了我的阅读推广和诗教故事，人民网也跟进转发。

嘉燕在撰写报道时，特别引用了我说过的这番话：“一位教师，首先应该是个读书人。作为读书人，应当与所处的时代和所在的城市是匹配的，应该有所担当、有所作为，将所读所学作用于所处的时代和城市，主动引领更多的人。”

当年我刚来深圳不久，就和朋友发起并创办了民间阅读公益组织三叶草故事家族，推动亲子阅读；后来又参与“百班千人”公益共读计划，致力于教室里静悄悄的革命；也曾在“4·23”世界读书日发起过“地铁阅读”，联动全国十三个城市的朋友们，组织、带领学生搭乘地铁，将书送给低头看手机的成年人；如今来到海岛支教，也是率先响应广东省关于“基础教育全口径全方位融入式帮扶”的号召，主动参与到乡村振兴、教育与文化振兴中来。

选择诗歌教育作为这一年支教的重头戏，是因为我看到了诗歌与孩子之间的奇妙联系：儿童的年龄特点与现代诗歌之间有着巧妙的呼应，通过读诗、写诗，可以让儿童找到打开语言大门的钥匙，培养他们对语言的高度敏感以及对母语的热爱之情。更重要的是，我想用自己的亲身实践，回答这样一个问题：乡村的孩子，也能写出很好的诗歌吗？

记者在采访中写道："面对很多人的疑问，周其星说，在诗歌面前，没有城乡之别，海岛上的孩子写出的诗带着浓郁的地域特色，在他们的诗句里，经常看到海风的呼啸、礁石的耸立、海浪的奔腾。诗歌，植根于孩子生活的土壤，并将他们带往远方。"

这不是浪漫主义的想象，而是实实在在的景象。我始终相信——"当你决心做好一件事，全世界都会帮你实现。"在我的影响下，311 班的小诗人多了起来，在他们笨拙的笔下，时不时出现让人惊叹的诗句。你看小益同学的诗作：

灯塔把一条条小船
守护
我被家人
守护

"海岛""诗教"……随着我在朋友圈的传播，这些词语已经进入大众视野，被更多人所知晓。我在努力，写诗的孩子也没有让我失望，南澳岛的一场日落，被他们写得色彩缤纷。

日落就像一只小红船
大海就像一位歌手

（黄彦惠）

日落
就像一个小气球
它落啊落啊
最后沉没在
我的眼睛里

（蔡榅慬）

日落是大海的晚餐
它像一颗咸蛋黄
大海慢慢地吃掉它
一口
两口
三口
打个饱嗝
熏红天空

（胡欣悦）

下午的习作辅导正式开始。

面向全校遴选出来三到六年级的一百多位学生，给他们每周上一次课，每次课时长一个小时，大约持续两个月。

这时，内容设计尤为重要。

第一节，我用“自我介绍”开篇，主要是为激活氛围，增强信任，放开表达。内容整合自《更大的宇宙》。

一节课下来，大家都把自我介绍（也就是自画像）的创意和诗意展示得淋漓尽致。虽是初次见面，但同学们兴趣很浓，现场写出了很多优秀的诗作。我尤其喜欢林悦宁同学的小诗，她笔下快乐的诗行，仿佛让天地明亮：

我
喜欢幽静的树林
喜欢凌晨的日出
喜欢宁静的夜晚
喜欢一个人的下午
喜欢炙热的夏天
喜欢世间万物
想要变成一只鸟
想要变成一枚夹在书里的落叶
想要满分的试卷
想要无拘无束的生活
能画一幅举世闻名的国画

能弹好每首歌
喜欢在班里威严的我
喜欢在朋友面前活泼开朗的我
喜欢在父母身边乖巧的我
喜欢一个人时安静的我
喜欢每一个独一无二的我

东西校区都有同事坐在最后一排听课，有的好奇我到底怎么教写作，有的则因为自己家的小孩就在前面上课。看他们兴致勃勃的模样，就知道大家都被新奇的内容吸引住了。

接下来连续几周的上课内容让我颇费心思，但吸引力第一的原则，不会改变。

温州的金老师赠送的胡三元字帖到了。

我在深圳，她寄给我在深圳班上的学生；我在南澳，她寄给我在南澳岛上的学生。不是有求必应，而是心想愿成。正好，311 班的同学在练字这一块必须下一番功夫。

得到新字帖，他们很是喜欢，小心地装进“宝贝袋”里。“宝贝袋”也有来历——为了让同学们学会整理文具，我建议他们每个人准备三个文件袋，将语、数、英三科的书本资料分类装袋，取拿都很便捷，从此再也不见孩子们满书包翻作业本的现象了。

今天语文课前五分钟，我特意安排了临摹书写，明天再看效果如何。

要提升学生的语文素养，说来说去，无非做好这几件事：朗读、书写、阅读、写作。

习惯建立起来，热情激发出来，信心有了，希望就大了。

所以，说难不难。而我胜在有资源，有经验，有热情，有底气。

海岛上的孩子，总得要写诗才好，

好像这应该是他们的自然天赋，

就像他们天然地就应该会下海打鱼一样。

# 风声起

## 36.

岛上的孩子淳朴天然，可亲可爱。他们爱上写诗以后，一有空就写，还会主动找我商量该怎么修改。

恩萱写了一首诗，还是关于日落的：

太阳刚刚升起来时
像一个大火球
太阳落下时
像一颗咸蛋黄

被大海一口
吞了下去
这时
把月亮吐出来了

我正在办公室里批改作业，恩萱找到我，让我帮她看看这首诗如何，哪里需要修改。目前同学们创作诗歌的兴趣很浓，创作氛围也好，但凡写好了一首诗，就会马上来找我，要么在微信里问，要么在教室里问，要么像恩萱这样直接到办公室来问。我能理解这些新鲜的小诗人内心的雀跃和不安，就像一位刚学会烹饪的厨师，新做了一道菜，不知口味如何，期待得到他人的认可，更期待得到点拨，使菜品色香味俱佳。小诗人们不确定自己的诗好不好，想知道如何才能写得更好。单凭这股向上的热情，就足以让人感动。

我先请恩萱读给我听，再自言自语重复了几遍，然后跟她说："这首诗，两个比喻和'吞''吐'这两个动词用得好，画面感很强，但能不能再'瘦'点？比如说，你要写日落，就不用写升起的样子；再比如'被''这时'，都是语言文字里的连贯用法，在诗歌里，可以去掉，也不影响阅读。"

恩萱想了想，说："我试试。"

她跑回教室修改了一番，很快又跑了回来，拿给我看：

太阳落下时
像一颗咸蛋黄
大海一口吞了下去
吐出一个大月亮

我忍不住拍手叫好，还大声朗读给办公室的其他老师听。大家都夸赞写得好，恩萱红着脸低下了头。

像红日那么美。

类似这样的蜕变，在 311 班并不鲜见。

说来奇怪，这种现象，我在深圳时很少遇见。

大人忙着挣钱，孩子忙着花钱（上培训班），似乎没有多少时间来黏着老师。我很少看到有孩子拿着一首诗追过来找我：“老师，您帮我看看这首诗怎么样？”因为一到下课，他们就要去玩，拼命地玩，使劲儿玩，想着法儿玩。大概，校外的时间，都被各种培训班挤满了吧。

海岛的孩子好像有更多时间，与之相应的也就有更多的空间去做自己喜欢的事，或者不做什么事。每次去海边看日落，总能遇到一些结伴同行的中学生。礁石旁，晚霞中的少男少女，居然让我感动不已。

南澳的孩子很淳朴。他们喜欢你，崇拜你，就会本能地去亲近你，或者害羞地远远看着你。而诗歌，就是他们接近我的最好的理由。

下周四要去青澳学校帮扶，我跟黄校长说，我准备上一节诗歌课，他欣然应允。我想用 311 班同学最近创作的诗为引，教那边从未写过诗的学生写诗。不知怎么，我总觉得，海岛上的孩子，总得要写写诗才好，好像这应该是他们的自然天赋，就像他们天然地就应该会下海打鱼一样。

然而啊，然而……

南澳的老师也很可爱。办公室的几位同事，平时都很愿意跟我说说话，这时，他们会给我泡茶，邀请我喝茶、吃点心，并且改用普通话跟我交流，听我讲深圳的故事，听我说关于教育的那些新潮的想法，包括我推崇的阅读和诗教。

我之前买了很多《讲给孩子的百年梦想》，放在办公桌上无人关注也无人问津，我也不急。大家聊着聊着，处着处着，不断熟悉以后，我再提起这些书，大家都会主动找我借，说要发给班上的学生看。

我自是很爽快地答应。

改变，尽在潜移默化中。

教务处的黄主任很爱运动，有一天邀约我，说有几位老师想喊我一起去爬山。

我也想借此机会跟同事们多些接触，彼此加深了解，可惜临时有活动，时间冲突，希望下次还有机会。

我发自内心地感谢南澳的同事们对我的热情接纳，让我逐渐感觉不到这是在异地教书，我也不像是一个游离在外的他乡人。

为什么大家对我充满好奇和热情？我想，应该跟在东校区执教写作培训课有关，听课的老师观感很好，自然会在他们的群体里私下传播开，这也算是初建了口碑。

放学后，一个人骑车去钱澳湾看了一场日落。

目送红日坠落大海，看浪潮不知疲倦地拍击海岸，顿觉这世间的一切努力都应该有更好的归宿。

## 37.

周末，终于有机会和朋友一起去爬山。其实，我们走的不是普通的登山路，而是一条几乎无人走过的古栈道。这也是南澳县全国越野赛的规划路线，只不过长时间无人穿行，草木疯长，挡住了我们的登山道。幸好有越野协会经验丰富的向导带着工具在前面开路，我们才能披荆斩棘，探索前行。

果真是一次“爬山”，很多时候路况不好，只能手脚并用地攀爬。仿佛一群野孩子，回到自然里，回到小时候。

一路惊险，还算安全，有时还能遇到野橘肆无忌惮地挂在枝头，我们赶忙采摘品尝，剥开来吃，很酸，也很香。这是大自然送给丛林探险人的特别礼物。

行进途中，不时会看到南澳越野的标识，一根黄色的丝带上写着“第四届南澳越野”字样，上面还有赛道和救援的电话，穿越中的我们也因得到指引而倍感兴奋，觉得自己正走在勇者之路上。

山并不高，海拔两百米左右；路途也并不遥远，六公里左右。对于久居城市的我们来说，这几乎是一次极限挑战，仿佛从未经历过如此狼狈，如此疲惫，却又如此放松的旅程。

教育探索，何尝不是登山！教师当是走在最前的向导，奋力开路，积极引路，不让学生迷路，纵使路再崎岖，也要趟过去；山再陡峭，也要爬上去！不掉队，不放弃，能流汗，不流泪。登顶后的快乐，是山脚下的人永远无法体会到的。

来到山顶，觅一茶庄小憩，旋即下山，来到云澳，大啖甜美海鲜，更有南澳炒冰和头水紫菜，都是本地美味。下午认识了当地一位白手起家的年轻海鲜企业家阿成，实地参观了他的紫菜收获现场，生吃了当地有名的头水紫菜，味极鲜美。

南澳岛物产丰富，景色秀美，无怪乎会成为网红旅游胜地。我们有缘长居于此，经历的种种感受，是外地慕名而来的游客所无法体验到的。

不说其他，单是澳前村的那个防空洞，若非有向导指引，哪怕是本地人，也没几个知晓。弯腰走出暗黑的防空洞，洞口豁然开朗，大海无边无际，海鸥尽情飞翔。这种景观虽难得一见，但与我们的人生经历何其相似！少有人走的路，弯腰在黑暗中孑孑独行。你甚至不知前方有什么，何时能看见辽阔的未来。你只能循着心中的光而行，屏住气息小心谨慎，也不知走了多久，也不知身边还有谁与你同行。直到走出洞口，你才舒展腰肢在光天明地中，对着海阔天空，大吼一声：“哦，吔！”

## 38.

今天比较沉闷。

311 班的同学在课堂上容易分神。周末布置的作文有好几个同学没有写，写了的也是应付。两节课，我都用来讲解作文，点评作文，效果并不理想。

还是老问题——同学们的阅读理解力、作文表达力，低出了我的想象。

怎么办？

我在苦苦思考对策，沉闷到几乎无法排解，只好先去跑步。

晚上在线上给老师们讲诗教，聊自己喜欢的诗歌话题。轻松了很多。

我跟老师们说：在这平庸又无趣的当下，碎片化、娱乐化、庸俗化、功利化，都在撕扯我们，分裂我们。读诗或者写诗，仿佛一剂良方，可以让我们保持心灵清明，人格完整。

## 39.

傍晚托管时，有孩子大声喊：“老师，老师，快看！快看！”我抬头看向窗外，原来是艳红如火的晚霞。

我们都走出教室，想将这美景看个够。可惜，操场西侧的小区高楼挡住了燃烧的天空，我们看不清全貌，只看到红通通的一角。

因为还是托管时间，我们无法去海边尽情观赏，只能离开教室，在走廊上看看。我很高兴，同学们开始对美有了鲜明的感受，有了直接的追求。我们边看边聊，都很快乐，因为，我们用的是充满想象的诗歌语言——

天怎么烧起来了？

谁打翻了红颜料？

太阳果然是个火球啊，滚来滚去，把天都点燃了，

烧完以后的天空，只剩一片灰烬……

你说一句，我接一句，说着说着，晚霞已从天边悄悄撤退，我们也该从学校撤退了。

虽然错过了一场华丽的日落，我们却因此拥有了一场诗意的对话。

回家的路上，每张脸庞都闪着光，好像被落日的余晖晕染了。

我知道，这不只是落日的光。

## 40.

让人惊叹的事情终于发生了！

孩子们一看到我来学校，纷纷围上来，拿着诗歌本找我讨论作品，准确地说，是要和我一起商量：怎么把这首诗写得更好？

每每这时，总能发现漂亮的小诗。

那就举办一次班级诗歌朗诵会吧。

虽是首次，但大家的积极性都特别高，不害羞了，也不退缩了，一个接一个，拿起自己的诗歌本在讲台前大声地读，一首读完还要读第二首。小诗人们很享受在众人面前分享诗作的快乐，毕竟，这也是一次少有的获得成就感的机会吧？

看着他们骄傲地走上台，读完又骄傲地走下来，每个人都那么酷，那么美，你很难想象，不久之前，他们还不知现代诗歌为何物。

听说我明天有事不能给他们上课，大家很不开心。桦珊最是直接，问我可不可以不去，还问我："我们的语文课怎么办？"

好一顿安抚以后，我突然想到一件事，开始有些担心。

# 是诗歌啊，让语言闪闪发光

## 41.

在后宅镇中心小学的组织安排下，我去了一趟他们帮扶的青澳学校，给四、五、六三个年级的学生上了一节诗歌课。

这所学校一到六年级都齐备，每个年级十来个学生，老师也不多，但每个学科都有，大部分是由后宅镇中心小学这边派出的。为了让每个学生都能接受完整的教育，当地教育主管部门也是用心用力。

课堂上，我先跟学生分享 311 班同学的诗作，介绍他们是看到什么景象后有感而发，写好后又是如何修改的；然后，我再跟他们聊如何用诗歌记录生活，抒发自己的真实情感；接下来才是自由创作环节，教他们尝试用三两行短诗表达自己的所思所感。

同学们的表现出乎意料地好！很显然，岛上更容易生长诗歌，而孩子们也需要诗歌。

有诗为证：

弟弟

两年前
我十岁
弟弟八岁

现在
我十二岁
弟弟还是八岁

（翁丽玥）

看到这首诗时，我的心猛地一沉，赶紧向她的老师了解情况。

果然，就像诗里所写的，小诗人的弟弟两年前不幸从楼上坠落……

这件沉痛的事，想必一直埋在了小诗人的心里，如果没有这次诗歌课，她会把心事写进诗里吗？我们还有机会了解到她的真实心情吗？

日落

太阳在秋千上摇摇晃晃
摇着摇着
摇到了我的心里面
（翁丽玥）

孩子们就坐在诗歌的秋千上荡漾，阳光照进他们的心房。

时间

时间就像一束光
它一点一点地消失了
（陈锦萱）

无论光荣还是平凡，无论悲伤还是希望，时间都在一点点消失，希望光还在。现场和课后提交的学生作品再次提醒我们：“孩子离诗歌很近，需要有人引领，有人善待。”

活动结束回县城的路上，我问同来听课的三位小伙伴：“听完这节诗歌课，有什么不一样的感受吗？”

她们说，最大的感触，就是我平时说话跟在课堂上说话的风格是一样的，真实，自然。她们却不一样。

很多老师有两种语言体系，课上课下不一样，课上很容易变成朗诵腔，像在背台词。

好好说话，还挺难的。

## 42.

同学们越来越喜欢跟我聊诗歌了，一见到我，就会把写好的诗作拿来分享，仿佛从树上摘下甜美的果实，又像海钓的人终于钓上一条大鱼，急切地跟人分享自己的成就和快乐。但究其根本，应该是跟我点评建议清晰有理，对他们修改诗作有直接帮助有关。

我喜欢这样的氛围，不像是师生之间讨论思考题，而像是纯粹的诗人之间的讨论，气氛轻松，彼此愉快，真是享受。

音乐

音乐是一个猜不透的人
谁都不知道下一首歌
是什么心情

黑胖子

白胖子
吞了红橙黄青蓝绿
变成了
黑胖子

（章芸）

章芸平时话很少，下课也不会跟其他人一起疯，对事物敏感，更能及时捕捉到外在与内在的变化，一丝触动，或者情绪的波动，都会拨动她的诗心，落笔成诗。每次读到她的诗作，我都对她称赞不已。

我想，这也是他们继续创作下去的动力。毕竟，谁不喜欢自己的作品被人看见并看重呢？

## 43.

周末，是属于玩飞盘、装书架、逛书店的时间。

两个彩色的书柜，在组装好之前，板子七零八落，长长短短，也没个说明书。即便如此，也难不住班上几位热心能干的家长：思慧妈妈专门拿来工具箱，思慧爸爸一出手就知道很娴熟，莫不是木匠出身？小益爸爸忙得满头大汗……好不容易拼装完成，两个彩色大书柜终于立在了教室门前，孩子们一个个争相用抹布去擦拭干净，再将书一一摆放在新书柜上，浑然不顾满身满头的淋漓汗水。

在隆澳大街上发现一家新华书店，门面不大，很容易被忽略，难怪我之前多次经过都没看见。

我走进去转了一圈，发现楼上别有洞天，很适合做读书会和文化沙龙。不过，这边人气不高，来书店买书或泡书店的人几乎没几个。跟书店负责人聊了一会儿，向他介绍了深圳一些书店和书城的活动情况，希望在我支教的日子里，能跟他们合作策划一些故事会或者读书分享会，推动南澳的书香文化建设。负责人答应得很爽快，我也有些期待。

下午在校园里，跟班上的几个小朋友玩飞盘，这是最近网络上很火的一种运动，需要练习握盘、飞盘和接盘的基本技巧，才不至于追着飞盘满场跑。他们第一次玩飞盘游戏，还是跟老师一起玩，格外开心，满操场都是欢笑声。

## 44.

写诗的孩子，主动发诗歌给我，并和我讨论。

黑暗

闭上眼睛
看到

一片黑暗

睁开眼睛

看到

一片光明

槵懂的这首《黑暗》，写得中规中矩。闭上眼睛，看到黑暗，这不足为奇。如果谁都可以想到，还需要诗歌做什么？

我提醒她说："闭上眼睛，多看一会儿，可能不是黑暗哟。"

过了一会儿，她又给我发来一首：

黑暗

闭上眼睛

看见

妈妈对我的希望

睁开眼睛

我看见了

梦想

我看过后，欣喜不已。

谁说写诗很难？谁说岛上的孩子不会写诗？我只是稍作提示，他们一点就通，根本不需要我逐词逐句去修改。对于初学写诗的孩子，我不建议逐词逐句地修改，一行一行地琢磨，如果能保持写诗的热情状态、一心向好的心理自觉，就像陀螺，让它旋转起来，然后时不时给它一个外部作用力，它就会一直旋转不停。

我告诉楒懂，修改后的诗作，虚实相间，更像诗歌。

楒懂很高兴。是为自己写出了更好的诗歌，还是为得到了我的高度肯定？她又给我发来手绘版南澳岛地图，碧海蓝天之间，小岛像一头巨大的鲸鱼，静静地悬浮在眼前。岛上有山有水，有她的家，还有学校、灯塔和诗歌，美得像一个童话。

其他同学也把自己的手绘海岛地图发在了班级群里，有的精致，大部分粗犷。但不管怎样，至少，他们终于知道生于斯长于斯的海岛是什么样子，由哪些村镇组成，各有什么特色，岛上分布着哪些景点，有什么特产……

我所期待的海岛课程，就这样悄悄开始了吗？

多学科如何融合，需要细化讨论；关于海岛的主题类图书，需要购买并阅读；为海岛写诗，当然会继续；博物馆就在西校区隔壁，里面就有南澳岛的历史，还有“南澳Ⅰ号”沉船展，必须尽快安排孩子们参观学习。

我从班级群里特意挑选了六幅手绘南澳岛地图，发在了朋友圈，召唤多学科多专业人士的智慧支援，呼吁爱心人士捐献海岛主题图书。

会有回音吗？

## 45.

因故缺了一天课，终于可以正常上班时，最高兴的，当然是班上的学生。远远地看到我来了，他们一个个欢呼雀跃，奔走相告。

海燕老师告诉我，昨天说到我有事不能来上课，学校安排了代课老师时，全班哗然。海燕摇头叹道："一年后，看你们如何是好。"

走进教室，看到几个同学正在张罗收拾书柜，分门别类地摆放越来越多的班级图书，我不禁感叹，他们越来越能干了。

我遇到过这样一件小事。

有位男生，颇有自己的想法，学业成绩在班上一直名列前茅。那时他已经做完了作业，随即交给我批改。改完之后，我鼓励他回座位再看会儿书。

等我巡视教室，转回到他身边时，发现他并没有接受我的建议，反而是在刷一套家里给他买的试卷。

我跟他说别做了，不如看会儿书吧，却被他一口拒绝："看书有什么用？"

这是我第一次遇到有学生公开质疑读书的意义。莫非这就是“小镇做题家”的思维和认知？

我看他如此固执，干脆放下了立刻说服他的念头，心中不免在想：乡镇的孩子，真的只有刷题应试这条路吗？这条路，能走多远，能走多久？

再找他聊，已经是几天后的事了。

为了讲清其中的道理，我给他打了个比方：“两个人去挖井，一个男孩吭哧吭哧挖了很久，特别努力，也没有挖出多少水来。另一个女孩，就在地面撒了些种子，种子发芽，变成了草地，她轻松挖了个坑，水就出来了。当然，种子发芽需要更多的时间。你觉得，我要不要提醒这个男孩，别再犯傻了，靠蛮力解决不了问题？至少，这条路不是最好的选择。”

听完我的话，他若有所思地点点头，没再说什么。

其实，通过最近几次测试，他也发现自己有了落后的苗头，所以显得特别紧张，于是加大了刷题量，好给自己一些安慰。然而，刷题已经失去了优势，还要指望靠刷更多的题补回来吗？

对比班上几个领先他的女同学，大部分平时痴迷读书，经常被我夸奖，一改往日被他碾压的势态，一次次轻松反超，好像无论他怎么努力都赶不上。究其原因何在？聪明如他，“读书无用，刷题才是王道”的观念，想必已经开始动摇了吧。

但愿他能从善如流。

长叹。

因为这不是单一现象。

我抽空去了趟南澳县博物馆考察，了解展览内容以及展厅环境，考虑明天上午如何因地制宜，有效组织同学们来参观。

隔壁邻居就是博物馆，这该是多优越、多便利的条件。近水楼台如不得月，就是暴殄天物。

## 46.

这次东校区的“写作小能手”培训，是带着同学们阅读《雨滴咖啡》的故事：在一家名为“雨滴咖啡馆”的好地方，你找店员点上一杯叫作“微雨”的咖啡，顿时细雨霏霏，烟云弥漫，心头的那些思绪也跟着翻滚，说不尽的惬意与轻松；如果点的是“骤雨”咖啡，刹那间电闪雷鸣，暴雨如注，天地之间，苍茫一片，你恍若一叶孤舟，颠簸起伏于湍流之上，就在你胆战心惊之际，瞬间雨过天晴，一道彩虹横贯西东，天地清明，万物如新，刚刚发生的一切，恍若梦中……

故事奇趣，同学们听得津津有味，而我就在他们兴致勃勃处，及时停止——欲知后事如何，不妨尽情想象。

三到六年级的学生，正处于奇思妙想的年纪，面对一个没有结局的故事，他们会以极大的热情去编织和完善。我也在开放结尾的同时，提出了续编的要求：每个人为这个故事设计三个结尾，越奇特越好。

挑战极大，但同学们的热情不减，让人尤为欣慰。

每次上课之前，在等候同学们从各个班级赶来现场的这段时间里，我会鼓励先到场的同学看自己带来的书，学会边看书边等待，这样时间利用效率高。也就在这时，我注意到这些正在阅读的孩子，读的多是各种作文选。我随便翻了几本，印刷粗劣，封面简陋，内容敷衍，既无设计感，也没有时代性。这般品相低劣的书，如何下咽？

我手头有几本《彩色的写作教室》，这是多年前我根据写作社团的实践开发整理的创意写作之书，书中有 36 个好玩的点子，36 则创意写作故事，可读性强，但应试性弱。当时想的是做文学社团，所研发的写作课程并没有跟教材上的单元作文产生必然联系，但是，当孩子爱上写作了，更有表达自信了，难道还写不好那几篇单元作文吗？当然，优质的单元同步作文辅导也有必要，总有一些写作困难的孩子，他们需要真切具体的帮助。不过，能够参加“写作小能手”培训的孩子，文字表达力本就不弱，《彩色的写作教室》是他们更好的选择。

主意拿定，我准备先送几本给同学们看。

我动员家长义工帮忙一起组织同学们去参观博物馆。南澳的孩子们还不太熟悉如何去参观，怎么去记录。

参观时，看什么？听什么？问什么？记什么？需要培训和指导。

每临大事需静气，慢慢来，这是头一回。

## 47.

冒雨，跟班主任海燕老师一起去家访。

第一站，李悟同学家。

李爸爸是警察，工作特别忙，回家也少，但对儿子学习的关心却不少。

走进李悟家，来到他做作业的地方，看到靠墙处支起了一块黑板，上面写着《千字文》片段。这是李爸爸日常给儿子开的“小灶”。

不同的家风家教，塑造了不同的孩子。

黑板后面是书柜，我一眼就看到一本讲南澳岛历史文化的读本。打开一看，图文并茂，内容丰富。这不正是我们最近的急需品吗？岛上的孩子，竟对小岛缺乏认知。这一课，要尽早补上。与南澳乃至潮汕有关的主题阅读，应该做成校本课程。

我夸赞着李悟家里的藏书，同时嘱咐他周末好好看这一本，下周带到班级去，跟全班同学分享。

我注意到他家客厅里有个大沙发，对面墙上挂着大电视机，而李悟的书包就放在沙发上。一看这布局，我大致能猜到他每天回家第一件事做什么——当然是放下书包，打开电视，看动画片……

因为这个时候妈妈正在厨房里忙活，要给他们兄弟俩做晚饭，肯定没时间管。这段自由的时光，是属于动画片的。

询问之下，果然如此。再一了解，发现他们兄弟俩一起看的动画片都很低幼，完全不适合三年级的李悟。

我告诉他：“回家第一件事，可以去完成作业。一家人在一起时，可以看电视，但是节目要有选择，不能只顾消遣，那是浪费时间。”

于是，我拿起遥控器，教他如何找到好的纪录片和其他知识类节目。我们选取了一个，并一起观看了纪录片《航拍中国》，都觉得很好看。

谈得差不多了，我们就起身去下一家。出发前，我建议李悟送老师们出门，直到电梯口。

第二站到演凯家，他跟李悟住在同一个小区。

天上飘起了细雨，我们冒着雨找到了他家。我跟演凯妈妈重点说了读书的问题。

演凯的上进心很强，也有自己的梦想，他很希望通过阅读和写作，像老师一样成为作家。我很欣赏他。有梦想，才会有未来，也才会有远方。这样的孩子，需要家校一起多鼓励，多支持。

演凯的爸爸妈妈开了家理发店，平时要忙到很晚才回家，但孩子自觉性很强，家访时跟我们坐在一起，也特别端正认真。举手投足间，彬彬有礼。

我问他：“回家以后，不用上什么辅导班，你的时间怎么安排呢？”

这也是教他学会用好电视机、找到合适的栏目、进行自主学习的好机会。

家访结束后，演凯主动把我们送出家门，送到电梯口，一直跟我们说再见，直到电梯门缓缓关闭。

路上，海燕老师问我：“咱们家访，不需要跟家长说说孩子们存在的问题吗？”

我笑道：“该说的咱们都已经说了呀。你看，怎么看电视，如何放书，怎样迎接和送别老师……这些都是他们不懂也不会的，帮助他们养成良好的习惯，意义更加深远。”

回到宿舍，我在班级群里发了几张家访的合影，配了这样一段话：

“今天下雨，依旧家访，班主任翟老师和我先走了两家，后面还会有安排。孩子们在家，要多看书（班上有那么多好书可以借呀），勤做家务；天气好，要去运动。如果老师来访，记得提前在楼下（或小区门口）迎候，主动带老师去家里。家访结束，要送老师到电梯口。这是尊师重教、待人接物的礼仪常规。今天，李悟和演凯都做得很好。”

据说，这是岛上很多很多年以来的第一次家访。

教育的希望，家长对教育的信心，在慢慢萌发。

## 48.

放弃回深探亲的机会，是怕耽误了下周的课程——日常教学工作，以及全县的公开课和讲座。

海岛上没有推进过整本书阅读。无论是课本上的“快乐读书吧”，还是其他书本。虽然新课标里专门提及，教材里也专门推荐，但大家依旧停留在对单篇课文的讲解教学中，对于整本书阅读，别说教学，日常引导也罕见。

我这次上的算是岛上第一节整本书阅读教学公开课了。

记不清这是送给南澳的第几个“第一”了。

第一批支教名师。

第一个彩色书架。

第一次教写童诗。

第一回组织参观博物馆。

第一次动员家长做班级义工。

第一次去做家访。

第一个做全县整本书阅读教学和讲座……

能做这么多的“第一”，也是件快乐事。

晚上，和同在后宅镇中心小学支教的三位老师一起去云澳的渔家吃饭，闲坐海聊，我们对渔民生活无比好奇。当然，海鲜也美味，肥美的蟹，鲜美的鱼生，自制的药酒，都会构成美好的回忆。

最好玩的，莫过于渔家的两个男孩，一个在读一年级，一个在读幼儿园，最是活泼天真的年纪。虽是第一次见，却被咱们这几位活泼有爱的年轻老师迷住了，以至于告别时，还一个劲地朝我们热情地喊着："下次还要来呀，还要来……"

我得回去备课了，准备周三的全县公开课和讲座。

这时，收到好友群芳老师和出版社的朋友寄来的海岛主题图书。我们总算可以缓慢开启海岛主题阅读了。

至于研究，还为时尚早。

毕竟，大家都是身在岛中不识岛。

## 49.

我们用了整整一节课时间，听两位同学分享他们的作文草稿。

章芸的模仿痕迹太重，没有写出自己应有的才华；小益的又太过粗糙，叙述多于描写，找不到打动人的细节。

分享过后再分析，大家对照自己的习作回头看，心里有个参考，知道可能存在的问题在哪，修改就有针对性了。

说不定，明天又要安排一节课来交流和修改。

不过，我还是要求同学们晚上回家后，把作文大声读一遍。语言是否通畅，一读即知。大声朗读自己的作文，这是最方便的自我检查方式，多年来我一直要求学生努力做到并形成习惯。

我还在构思寒假特别任务，基本设想是：作一次环岛游，看一场岛上日出，或者出一次海。

我甚至还在想，能否组织学生参加一次挖金薯（南澳岛的特产，味极甜美）的农家活动？

要做点特别的有意思的事，有些难，有些挑战。

思来想去，还是先把书读好吧。

我把海岛主题图书带到了班上，大家都围了上来，就像一早的农贸市场，大凡有新鲜的渔获上市，人们都会围上去，抢最新鲜的买。读书也是如此，大家都想看新来的书，似乎这样的阅读更鲜美。

只是，以海岛为主题且又适合三年级学生阅读的诗歌太少了，我只能引导他们多去注视海岛生活，多留心观察，也要多读多写。

然而时间飞逝，想到还有那么多事情要做，我的心就难以平静。

不如去海边，看潮起潮落，潮落潮起，起起落落，落落起起。

## 50.

一早起来，大雾漫天，整个世界，茫茫一片。

跟昨日傍晚的漫天红霞呼应，乳白与粉红，朦胧与清明，都令人惊叹。

是的，我拥抱让人惊叹的每一天。

这也是我来南澳后，第一次遇见的大雾天，雾岛苍茫，连声音都是苍白的。

身居岛上，看红霞从天空告退，弯月如钩；见白雾生于海上，于地面蒸腾翻滚，继而漫卷全岛，将你我裹入其中，仿佛可以从此隐身，玩一场捉迷藏游戏，不亦乐乎。

倘无闲事挂心头，三五知己好友，煮茶聊天，痛饮人生；或如顽童，逐浪海滩，无虑亦无忧。

聚焦海岛主题，我又买了一些书，虽价值千余元，但都是我喜欢的，值得一读：《孤儿岛》《岛》《爱岛的男人》《小岛经济学：鱼、美元和经济的故事》《岛屿来信》《一座岛的600万年：加拉帕戈斯群岛的前世今生》……

安心地做个岛民吧，专心地带着孩子们写写诗。昨日的晚霞，今日的大雾，都是最好的素材。

说要降温了，是这场大雾带来的吗？恰好收到老娘寄来的衣物，御寒不愁。不愁。

## 答案不在风中，
## 当在行动里得到

51.

各种声音，如潮水般涌来，又迅即退走。自媒体时代，似乎看到了很多，听到的也不少，什么都关心了，又没有真正参与进去。

大时代中的人啊，仿佛是汪洋中的岛屿，是圆满，是孤独；在漂浮，在固定。

说到岛屿，在众多岛之书里，我极爱陶立夏的《岛屿来信》。或许，它呼应着我们漂泊的心事：

海里的鱼偶尔会浮出漆黑的水面，它们回到水里的声音就像有人咽口水，“咕噜”一声……岛屿上没有四季。阳光太亮，照在皮肤上都是疼的。它在抵达你之前，经历过火山的烈焰，也曾栖身于山涧的清凉。有时也会遇到突如其来的雨。闪光的叶子上，落满穿越星空而来的急雨。岛屿像落日迅速坠入海中……

大声朗读这些文字，孤独的我，孤独的岛，相对无言，彼此成全。

上午执教汤汤老师的童话故事《一只乌龟一只猫》，全县语文老师都来西校区听课。

这是一节三年级的新书导读课，通过出示封面、故事简介及部分文字内容，运用三年级上学期学过的阅读策略“预测”，让同学们初步了解即将共读的这本书，并在轻松的聊书氛围里设置一个个悬念，激发学生阅读这本书的浓厚兴趣，让阅读充满趣味，让学习真实发生。

为了让大家爱上阅读，我特意邀请了作家本人提前录制好一份视频，介绍自己的创作灵感，鼓励同学们学会关注生活，从日常里寻找素材，平时多读书，多写作，每天进步一点点，成为一位小小读书人。

这节公开课结束后，我结合新课标中关于整本书阅读的内容，给南澳的同仁进行详细解读，并以《汤姆·索亚历险记》整本书阅读交流课的两个教学版本为例，介绍了小学语文统编教材中关于开展整本书阅读的经验与心得，期望能带给大家一点启发。

这是南澳县组织的首次小学语文学科整本书阅读教学研讨活动，我不知道这份努力究竟会带给当地的教育同仁以何种影响，但我相信，当我选择从教材之外另觅素材，采取教材里的学习策略展开文本学习，这种方式也会像海上吹来一股清新的风，让世界多一些清凉，也让缓缓行驶的教育之舟多一些动力。

课上完了，人也散了。活动结束，我在反思：这是第一次组织指导311班的同学精读一本书，课堂效果我并不满意，话题的交流与推进像被风所阻，学生发言也不得要义，理解常有偏差。

我不怪同学们，因为他们没有经过长期的文学阅读训练，这是课文学习之外的另一套话语体系：不用解释词句，不用听写抄写，不用分段解释，不用归纳中心……

来听课的老师很多，不知道他们看了这样的非教材课文的教学作何感想。或许只是他们心中遥远的风景？

我不希望他们感觉遥远，课后分享时，我就在他们身边坐下来，跟他们面对面地聊。这么做，当然是为了消除距离感，彼此看得真切，听得分明。

一般来说，在这样的场合里，老师们习惯于往后退，开会要坐到后几排，听课也会远离学生，看不清孩子们真实而生动的脸！

这可不是一个后退的时刻。

为了岛上的孩子，为了教育的未来，只能向前！向前！向前！

## 52.

孩子是可以唤醒的。

唤醒他们对学习的热情，对自我的确定，对未来的向往。这也是教育的奥义，需要每一位老师、每一位家长的认同。

正如每周一次的“写作小能手”培训班上，当我称同学们是“未来的作家”时，他们骄傲地举起手中的笔，因为，那是他们的武器。

孩子们的热情需要教育者去唤醒。

教育者的热情谁来唤醒呢？

## 53.

受应试的影响，人们往往迷信刷题的功效。这一点，乡村尤甚。传说中的“小镇做题家”，就是在这样的土壤里诞生的。

我来南澳之前，不敢对这个词做任何评判，我担心自己没经过了解和分析就妄下结论。所谓价值判断，大都是被自己所处的独特环境所蒙蔽，“何不食肉糜”大抵就是这个意思。

支教以后，我观察发现，这里有很多大人认为读书是没用的，只有刷题最有效。受这些根深蒂固的观点影响，小孩也只能不厌其烦地刷题，刷着刷着就把灵性给刷没了。糟糕的是，当时间和精力被刷题占用，阅读跟不上，积淀就无从谈起，人文素养也得不到提升，陷入恶性循环。

班上有几个家长，对我带着同学们读诗、写诗有疑问，他们认为这样做对提高学习成绩没有帮助。这是一个耐人寻味的话题，就像有人辩驳说“读书有什么用，作文都写不好”，两者基于同样的逻辑。急功近利之下，人们慌不择路，偏偏都无视学习的本质，最终只会走进死胡同。

读书人多，人文氛围浓厚，实体书店自然会多。

这座岛上，缺一家好书店。我去隆澳大街上的新华书店实际考察过，也看出了症结所在：他们终究是人力有限，资源也有限，纵有好的观念，也有想法，但是行动跟不上，魄力跟不上，资源整合达不到，更重要的是决心不够，美好的愿望只会消散在时间的河里。

如果有一家品位不错的书店，把海岛元素加入进去作整体设计，一定会成为海岛上的标志性所在，更能成为岛民们的精神家园。

一边看到北京的南锣鼓巷有人开诗歌书店，一边听到班主任来告诉我有家长质疑孩子写诗何用。

我希望，此刻正好读到的同学们的诗作可以回答。

画面

每当刷牙时
我会想起大海

大海是牙刷
牙膏是浪花
牙齿
就是礁石
（张洁菲）

这一连串比喻用得太神妙了，画面感太强也太可爱了。

远方

诗歌在远方
诗歌里也有远方

小溪淙淙地流着

在远方
被风吹着的小树
也在远方

世上有很多诗
很多诗里
有很多的远方
（张洁菲）

写出“诗里有很多的远方”的洁菲，一定会走得很远！听说，她在我支教结束一年后，还一直在坚持写诗。这是后话，暂且不表。

太阳在洗澡

下午，
上了一天班的太阳坐进大海浴缸，
拿出礁石肥皂刷了刷身子，
用沙滩毛巾擦了擦，
你看，
太阳擦下了一颗颗沙粒。
（林蔡演凯）

“太阳擦下了一颗颗沙粒。”于是才有南澳这一片又一片美丽的海滩吧。

诗

诗像一座桥，
走过去，
可以看见一道道彩虹，
可以看到春夏秋冬。
（林蔡演凯）

演凯同学，以诗为桥，将会渡过海洋，走向明亮的彼岸。

# 行至此处，我需要一些力量

## 54.

周末本想静心阅读，无奈窗边杂音不断：奇怪的哭声，施工铲土声，摩托车发动或者熄火的声音，“高价回收长头发、笔记本、电脑”的喇叭声……

思路被彻底打乱，我只好放下手中的书，打量起所住房子的结构来。

岛上的建筑，大多依山而建，二楼的窗户正对着屋后人家的门口，以至于我出门时靠着栏杆穿鞋，就像一脚踩在了别人家的窗台上。生活在这样的环境里，内心极为不安：脚下是别人的窗台，仿佛生活很容易被人踢破。我赶紧拉上窗帘关紧窗子，装作自己拥有独立的空间。

下楼跟房东曾叔聊天，他拿出珍藏的好茶，跟我边喝边侃。聊到支教队与当地教育主管部门的沟通不畅，他提醒，缺乏基层工作经验，应该是最大的问题。

仔细想想，很有道理：基层自有它的秩序，县城也有自己的生态，要从一线城市的工作节奏与思维模式里走出来，话语方式都要随之变化，才能落地。接地气，才会有人气。

聊得投机，忽然收到催稿信息。喝完杯中茶，谢过曾叔后，起身回房准备继续写稿。耳边忽然传来唱歌的声音，激情豪迈，就像有人正在楼下大堂开派对。

在这里，没有人顾忌自己的行为是否会影响、干扰到别人，似乎每家的门都是敞开的。说是热情也好，说是缺乏边界感也罢，在这里生活，无力改变。

关紧门窗，戴上耳机，写作。

## 55.

岛上的学生并非都在岛上读书，这是我在登岛很久以后才知道的。

周日下午两点多，我从海边往回走，远远地看到祥云广场路边停着三辆黄色校车，一看就不是岛上学校的，因为这里根本不需要，岛民们都是骑着小电驴或者摩托车、三轮车接送孩子。

走近一看，是汕头市某私立学校的校车，周日下午学生要返校，专门开出了三辆校车上岛迎接，按一辆车坐 20 人计算，仅后宅镇就有 60 多名学生出岛读书。

南澳大桥建成通车以前，岛上进出多有不便。通桥后，原想吸引更多人上岛，没想到变成更多人流出岛外。仅以 2022 年小学一年级新生入学情况为例，在校生就比在籍生少了近百人，也就是说，这一年，南澳县有一百多名学生到外地读书去了。

年轻的家长用心良苦，自以为这是最正确的选择，只是对于孩子来说，未必是合适的方式。不说其他，单是离别之苦，就不该在小小年纪承受。

有个一年级的小女孩，坐在妈妈旁边一直哭，妈妈又是好声安慰又是厉声呵斥，哭声不仅没有止息，反而越来越凶。

我走过去跟几个家长攀谈，说到今年起岛上来了很多深圳的支教老师，将会带来更多的专业引领和学术交流，南澳的教育只会越来越好，为什么还要把孩子往外送？几个妈妈回应我，说自己不会教育孩子，送去私立学校，吃住都在那里，每天不用管孩子写作业，一周也可以见一次面，一学期下来，虽然要交一万多的学费，但省心又省力，值得。

教育怎能这样计算！我知道不该如此，可我无力改变这现实，只能建议这位年轻的妈妈多抱抱正在哭泣的小丫头，只能轻声安慰哭泣的小姑娘：“快放寒假了，还有不到一个月就可以回家住了。”

然后呢？

然后，我再也没有见到过这几辆校车，也没有见到过这些离开家去外地读书的孩子们。

但我知道，他们都在那里，还是两头跑，还是两相挂牵。

## 56.

统编教材小学语文三年级上册第七单元关于阅读和写作，提出了两条要求：“感受课文生动的语言，积累喜欢的语句。”“留心生活，把自己的想法记录下来。”一是提醒在（课文）阅读中积累，二是强调在生活中记录，都有明确的指向。而我们正在开展的读书活动，正是强有力的补充——在简短的教材文本之外，我们的学生务必要读更多的书，在充分的阅读实践中丰富语言经验。我们共读完《一只乌龟一只猫》，开始做《龟言猫语》手抄报，正是为了“感受（课外书中）生动的语言，积累喜欢的语句”。

今天看了孩子们的作品，章芸做得尤佳，选择的句子都有质感，很有眼光；伊捷的版式设计最合理。他们每个人都得到了一封表扬信。

还有写诗！

我们为什么要写诗？就是要“留心生活，记录自己的想法”。用诗人的眼睛来观察生活，能够看到平常生活里的不平常；用诗歌的语言来表达想法，可以说出令人眼前一亮、心头一热的话。

今天获得星星新诗社原创童诗大赛“十佳周之星”的洁菲和锘桐，她们笔下的诗，正是对生活特别留心才得以写出来的高级文字。我甚至在想，如果她们能够一直保持这样的洞察力和敏感度，将来必成大作家！

雾

雾像雪一样白
就连响亮的歌声也是白的
这样我就可以隐身了

（洪锘桐）

在小诗人的眼中，“歌声”都是白的。这是一场多大的雾！难怪人们都会隐身，是不得不隐身呢，还是正好借机隐身？

章芸的“雾”，更为奇妙：

雾
像一张试卷
我们都看不见答案

这首诗语言简单，但联想非凡，也只有心思细腻如章芸，才拥有如此非凡的想象力——不会把雾想成面纱，比作丝巾，而直接跟一个学生的日常产生链接，却又能想到人生的遥远之地。以至于过了很久，中央美院的邱志杰老师看过后都惊艳不已。我们几次相见，他都会即兴背出岛上孩子的小诗，章芸的这首《雾》即是其一。这首诗最终获得国际儿童诗歌海滩计划优秀奖，被刻在福建省漳州市东山岛南屿的礁石上。

语言通往自由之路，诗歌打开语言之门，给海岛上的童年带来不一样的色彩。

教《大自然的声音》一课，突然想起支玉恒老师执教的《太阳》，借用了他的教学思路和一些说法：“全文的总起句是班长，每段开头的总起句是小组长，后面带着几个组员……”我们边读边讲边板书，在不借助多媒体的情况下，重新回到“一支粉笔一本书”的传统授课方式，没有了声光电的干扰，摆脱了幻灯片对教师的束缚，可以直接帮助学生走进文本，理解语言。在这节朴素的语文课上，学生们对写作结构的理解，清晰明了。

我提醒大家要关注的是这种说法：“班长”“组长”“组员”。这样讲，逻辑结构就很清晰，学生理解起来更容易。

我问他们：没有班长行吗？不行！（要有中心句。）只有一个班长没有小组长行吗？不行！班长只带着一个小组长行吗？也不行！小组长一般要带几个组员？三个！

就这样，孩子们轻轻松松理解了文章的结构。

老一辈语文教育名家有大智慧，值得我们学习一辈子。

## 57.

收到《摆渡人》这本书后，我把它放入班级书架，还没来得及看，就被同学们借去读了。第一个阅读的是紫颖，后面都是谁在看，现在又在哪里流转，我已浑然不知。直到昨天，锦斌向我极力推荐，说特别好看，他用两个星期看完了。

我问他："你知道这本书是谁写的吗？"他说他知道，是香港中文大学的徐扬生教授。

我说："以后长大了，参加高考，争取去'港中深'读大学，这样既可以去徐校长的学校读书，又离周老师很近。"

这是一本多好的书，三年级的孩子，读起来很受用；三年级的老师接着读，也很受用。

跟两个月前相比，311 班的同学进步了很多：朗读的样子很好看，读诗的样子也很好看！充满自信而又兴致勃勃，才有能力拥抱更好的生活。

很难相信，两个月前，他们还用手指着书逐字朗读，那拖着音的腔调，像没长大的奶娃娃的。

每个孩子都是可以被点燃、被激发的，就像种子遇到适合的土壤和气候，以水浇灌，等待时日，自会破土而出。

上周写作辅导课，我建议同学们有空就练习景物描写，说完，也就下课了，他们做没做，我全然不知，因为再见面时，已是一周以后。然而，当再次见面，我问及这项作业时，竟然有九位同学做到了天天写，天天练，更为难得的是，每一篇都写得洋洋洒洒，用的正是我教的写景妙招。他们如此认真对待我这位临时老师布置的额外作业，一时竟让我感慨不已。

亲爱的老师们，请无限相信我们的孩子，用热情去感召他们，用智慧去浇灌他们。

这是我们必修的功课。

傍晚将至，有学生喊我去看日落。

日落之美，仿佛一个童话。

## 58.

小的时候，爷爷从外地给我带回一个海螺。

海螺啊！不就是从大海里打捞起来的吗？对于生活在大别山区的孩子来说，这是从遥远的地方来到我跟前的极宝贵的礼物。毕竟是我第一次接触到的跟大海有关的事物，我对它很是痴迷。

海螺不小，拿在手里沉甸甸的，我得双手捧着，生怕它摔到地上，碎裂开去。

遗憾的是，它吹不响。我试过很多次，用尽了各种办法，腮帮子都吹疼了，还是不响。

我把它放在耳边，听到里面有海风的呼啸。我常常听，海风常常呼啸。

从那时起，我就对大海充满向往。

成年后，我离开生于斯长于斯又工作于斯的故土，来到深圳教书，这次又得以在南澳支教，或许，冥冥之中，有一种神奇的力量在牵引着我，现在想来，这里既有对童年向往的回答，也有基因里对生命起源之地的遥远回归。

在后宅支教的日子里，我每天都想去海滨路上看日落，听潮声。去亲近大海，去认识海岛，去拥抱当下的生活，日子才会颗粒饱满，丰盈多姿。而我，终于用一次环岛骑行，完成了必做但拖延了很久才做的功课。

掐指算来，距离我第一次见到海螺，对大海开始遐想，已然过去了四十余年的光景。

童年，我拥有一个小小的海螺。如今，我拥有一座小小的海岛。

## 59.

环岛游后，身心疲惫。绕岛一周，从西往东再转北向南，全程 68 公里左右，骑着摩托车，少说也要两个多小时。浪漫主义的行走，需要一身好体力。

忙完一些案头工作，瘫倒在床。这时，我竟然想写一首诗。

尘土在空中飞扬，
不起眼，看不见。
一切静止不用的事物都将归于尘土，
那些没有说出去的话，
不曾兑现的诺言，
来不及爱的人，
以及爱本身。

章芸同学见到我就来找我，她一定要跟我讨论自己新写的诗歌。

我翻看着她的诗歌本，下面这首《云》有点意思：

云
　是
　　什么颜色的
是晴天的白色
是雨天的灰色
是晚霞的红色
还是黑夜的黑色

读完诗，我们都感觉有些啰唆，于是商量着要去掉点什么：诗句中，那么多的“色”字，是可以去掉的吧。

再读一遍，干净有力。

再去掉“还”字，又明朗了一些：

云

是

什么颜色的

是晴天的白

是雨天的灰

是晚霞的红

是黑夜的黑

我还注意到她的分行设计：把“云是什么颜色的”分成了三行，并且退格排列。这也很有意思，你可以说，这就是天上的云层吧？

一番讨论修改后，我问她：“知道好在哪里了吗？”

她说，诗变得简洁了。

我说：“诗是瘦的。就像你一样，瘦瘦长长的，多精神呀。诗歌需要用最简练的语言，说最丰富的意思。”

她点点头，拿着修改过的诗歌乐滋滋地回教室去。

上课后，我们特意聊到了语言的积累与摘抄。

我用了比较生猛的形容:“抄下来，是占有; 背下来，是拥有; 不抄也不背呢？”

全班齐声回答：“一无所有！”

## 60.

同学们喜欢跟我讨论诗作。

章芸昨天跟我聊到诗的胖瘦问题，锦斌今天也来问我，我们谈到了一个观点：“诗歌要多用动词，少用形容词。”

我们是从这首诗说起的。

风是一名大力士
它能举起云山
它能搅动云海

风是一名音乐家
它在松林里弹奏古琴
它在沙滩上打鼓

风还是一名画家
它在海面作画
掀起浪花

它在花园中绘画

画出一幅世外桃源

一开始，锦斌用了大量的形容词，语言就变得臃肿啰唆。

去掉那些冗余的修饰之后，文字干净利落，也多了留白的空间。

对于“大力士”和“音乐家”这两部分，我做了一些提示和指导；画家的内容，完全由他自己构思。

晚上锦斌发给我看，我直夸改得好，对于理性思维偏强的他来说，这算是很大的进步。

朋友询问我的支教情况，说期待读到我的支教故事，还提到了与海的对话。这倒是个不错的富有哲思的话题。

事实上，我也确乎经常独自一人坐在海边的礁石上，看大海漫无边际，听涛声周而复始。这是最好的与海对话的时刻，而大海也的确告诉了我很多很多的消息。可是，我不想写，这是我和大海之间的私事。

我更想跟孩子对话，不用多么高深，却能实实在在帮到他们每个人。

今天，小树一改昨日的无所事事，主动问我《同步训练》上的题目如何解答。我真是无比欣喜，无比安慰。

当家长因为各种情况疏于管教孩子，我最担心的是孩子会放弃自己。

毕竟，他们还小，还有机会，不能言弃！

就像小树，最近变得特别积极。我还发现，只要他认真起来，书写都特别好看。

怎样持续地把他的劲头鼓动起来？只有爱，是不够的。

我需要跟家长仔细沟通。

锦斌的诗作《风》经过了四次修改完善，总算有了比较满意的版本。一首好诗，得来不易，需要有点“头未梳成不能看”的自觉。

海岛上的风，吹着锦斌，也吹着欣悦。

风（其一）

风看不见。
风摸不着，
但我能感觉，
你在抚摸我的脸，
穿过我的身边。

（胡欣悦）

风儿（其二）

风儿就是一把梳子，
风儿一起，
随时随地，
改变我发型。
（胡欣悦）

两首小诗，小巧有趣，即使没有惊艳感，但一想到这是出自我的学生之手，还是会喜笑颜开。

不怪我，只怪风。

# 我当然相信：春天花会开

## 61.

春节过后，再次登岛返岗，这回是自驾，因为可以在后备厢装上几箱图书，带给同学们阅读。

驱车五小时，再次回到小岛，竟是别样的亲切，就像见到久违的朋友。去海滨路走走，去海边栈道走走，那片熟悉的海，那条熟悉的路，那股熟悉的风……足以疗愈节前节后所有的疲惫与虚弱。

晚上见到从各地赶回南澳的支教老师们，打过招呼后，各自忙碌，无非是收拾房间，整理行李，准备开始长达五个月的第二学期支教生活。

五个月，看似漫长，但时间是最经不起花费的，唯有倍加珍惜，用心度过，才有可能给这短暂的支教生活画上一个漂亮的句号。

最奇妙的是，刚上岛，迎接我们的，居然是传说中潮汕地区的“迎老爷”（一说是“营老爷”，据后期多方了解，“营老爷”的说法更准确）。

整个后宅镇乃至全县城的人都从家里走了出来，在路口等着、门口候着。远处不知是哪里，不时鞭炮轰鸣，烟火绽放，正是过年的气象。警察在街道一旁安静地站着，秩序井然。

我从山脚井路开车去西校区，刚过县政府，就完全被堵住了，前面正是营老爷的队伍。我索性靠边停车，把这久违了的人间热闹看个够。

这是一条长长的队伍，不知道它是从哪里开始的，又要走多久才能看到队尾。只能看到男女老少川流不息；鞭炮声不绝，锣鼓声喧鸣。

只见队伍中有人扛着大旗，旗上写着“一帆风顺”等吉庆语，或是“城西村”等字样，说明周边几个村都加入了游行队伍。有人推着小车，车上坐着一人在打鼓，或安放着一尊神像，有观音，有关公，有妈祖……这就是潮汕人所说的“老爷”，而平日里常听潮汕朋友提及的“老爷保号”，也就是希望这些老爷（各路神仙）多多保佑。信“老爷”的潮汕人，遇神拜神，见佛拜佛，不分儒道释，常存敬畏心。这一点，我倒是在小说《平安批》中看得真切。书中的梦梅在寻亲的路上，逢庙必拜，见佛上香，这份虔诚，让我印象极深。

在这长长的队伍中，有舞狮的，舞龙的，敲锣的，扛旗的，挑灯笼的……好生热闹。这已经不只是大人的敬神拜佛或自娱自乐，就连小朋友也加入其中：一群穿戴整齐的小女孩，扎着漂亮头饰，挑着花灯，跟着队伍往前走，也是一道可爱的风景。

队伍经过哪家门口，哪家就要出来大放鞭炮，燃放烟花。难怪鞭炮声就没有歇过，仿佛要将憋了一年的压力全部释放个痛快。

据说，这么喜庆热闹的活动，后面还要持续好几天，正月十八这天将会达到顶峰，那日下午估计学校都要放假。我们将要亲历一次全岛的狂欢节。

新的一年、新的生活就这么红红火火、热气腾腾地展开来。

## 62.

今日开学。我提醒自己，要做到四点：轻松一点，喜庆一点，开心一点，寓意丰富一点。

来之前，我特意为同学们准备了两份礼物：一个可以吃，然后拿来写；另一个用来种，却是个秘密——因为，它是种子。

什么种子？不能说，说不得。我是知道的，却装作不知道，只是提示同学们："要有耐心，五个月（2月6日—7月6日）后，自会有答案。"

我从老家带来的顶雪贡糕，同学们人手一份。他们一边吃一边写，要把这份甜写到文章里去，一个个满脸的欢喜。

装在小塑料盒子里的黑黑的种子，就摆在他们的手边，等放学回家，种子将会被撒在大大小小的盆盆罐罐里，都会发芽，也会开花。

那时，将是我离开南澳的时候，我这趟支教行，又会开出什么花来呢？

## 63.

有幸见识到潮汕地区的节日文化，领略着别有风情的地域特色，我对此地的人文历史有了更深切的理解。这般经历，弥足珍贵。

一开始，我以为是"迎老爷"，后来看到有孩子写的是"营老爷"。这两日，我们在讨论到底是"迎老爷"还是"营老爷"，众说纷纭。不过，还是以后者居多：不是特指人们在门口迎候老爷到来，而是指人们将老爷从宝座之上的神庙中请出来，去各家各户走走，有点"下基层"的意思。

生活也是大课堂，我们就其名称、渊源、意义等，有着充分的交流，是"营老爷"，何尝不是"迎老爷"和"赢老爷"啊——迎候老爷的到来，赢得老爷的护佑，一年平安顺遂，家和万事兴盛。

你看，这阵仗，这排场，这人间鞭炮齐鸣，人们笑脸相望……久违了的热腾腾！把老爷安顿好，生活也该正式开始了吧。

毕竟，老爷很重要，人更重要。文化传承，要向高处攀升，不能停留在很多年前，原封不动。

## 64.

寒假回深时，我分别在家中和办公室里搜罗、整理了一大批新书，全部装箱后，都带到了岛上，充实班级书柜。

这其中有“百班千人”的寒假共读书，有蒲蒲兰赠送的图画书，也有《少年月刊》《十月少年文学》《创意小作家》等杂志，加起来有一百多本，又可以让大家新奇和兴奋一段时间了。

经过一个学期的努力，读书的种子已经在海岛落地生根，接下来，需要实现读写转化，读要深耕，写要发力。

既然春天到了，那就让花儿们盛开吧。

最近正在筹划深圳实验学校小学部与南澳县后宅镇中心小学两地两校手拉手活动。准备以两所学校为基础，以工作室为纽带，持续推进两地两校的学术交流，让支教工作落到实处，也更能久远。

据闻全国政协委员陈文洲先生正在筹拟一份政协提案，关注如何有效发挥名优特级教师在对口帮扶与支教中的示范引领作用。联系我的支教经历，我觉得这份提案如能落实，可以通过学术引领，加强名优特级教师对薄弱地区校的帮扶作用，真正做到有力推动乡村教育工作。

## 65.

从深圳开车到南澳岛，需要五个多小时，虽一路奔驰一路辛苦，但自从下了沈海高速，走东海岸大道，上南澳大桥，顿觉神魂归位。

我想，以后的我，一定会特别怀念海岛的这段时光：骑着小电驴穿行于熟悉的街道，循着海风的气息，走到海滨路上，穿过祥云广场，来到海边栈道旁，斜倚栏杆，静看浪打沙滩，声声入耳……这是一次独属于我的造境，但我应该和大家分享，总有后来人，也识其中味。

当然啦，这只是支教生活的调剂与点缀，更大的美好，在于我参与到了当地的教育变革中，真实地改变了一部分学生和家长，做出无愧于当下也无悔于未来的努力和奉献。例如，腾出更多时间和心力去开发有趣的社团课程，或者跟南澳图书馆深度合作，将阅读辐射到岛上更多家庭。

这几日正在张罗“百班千人”的总导师们的上岛事宜。几位老友能够不远千里来到南澳看望我，这份情谊，长久惦记。住宿的环境如何，看海的角度怎样，步行去海边有多远，岛上的一日三餐怎么安排，可以带大家去哪些地方转转，在线直播会议如何举行，无线网络是否顺畅……一应考虑周详，我才心安。小岛生活，看似悠闲散漫，却有诸多不易，让远道而来的好朋友留下像我一般美好的记忆，也是美好的一部分。

班级群里，有学生分享了种子发芽的照片。

开学时我给他们发下的种子，被用心种下后，纷纷发芽，有的小苗蹿得老高了。种植的同学很是惊喜，因为这是他们亲手培育出来的生命奇迹；看到分享的我很是欣喜，因为我正带着他们做一件充满希望的事。

做一张桌子，需要一朵花；开一朵小花，需要一粒种子。

而现在，正是春天，种子种下，种子发芽。

终会开花。

## 66.

试卷发下去了，结果并不理想，同学们还是基础知识比较薄弱，阅读理解还有偏差，答题的技巧需要指导。成绩不佳的几位同学，平时的学习比较吃力，在其他学科的学习上同样遭遇困境，再联系到他们平时在作业完成上的状态——书写潦草，且不及时上交，可以料到，家中肯定没有人检查或者辅导，放学回家后，毫无自律自觉，基本处于无人监管的失控状态。

我所能做的，是继续耐心引导，不断给予鼓励，适当给点压力。

但我们需要更多时间,还需要一些儿童化甚至游戏性的技巧。

上午讲评试卷时，我跟大家说，都来做“孙悟空”吧，卷面上的错题是妖怪，决不能让它们还在试卷上兴风作浪，我们要降妖除魔，打怪升级!

同学们一听，兴致很高，订正起来格外认真。只是，对待学习的热情要持续，不能停留于五分钟的热度，这需要家长和我保持统一口径:“要做孙悟空，不做猪八戒”，坚持打怪升级，坚持自我激励，时时勤拂拭，勿使惹尘埃；碎碎念不断，知信行合一。

## 67.

从今天起，我跟同学们约定：课前静息改为三分钟静心书写；下午返校进班后，也是安安静静的练字时间。得益于胡三元书法的爱心公益支持，我们班的孩子每人拥有一本与教材同步的书法字帖，解了我的近忧——之前没有经过书法训练的311 班同学，终于可以借此机会练好字了。而一手好字对于语文学习的意义不言而喻，可惜能做到的人还不够多，最根本的原因是老师自己不太会写，更不太会教。老师也只是个学生，也需要找一本好的字帖坚持练习,坚持训练才能形成良好习惯，有了正确的节奏才有希望收获乐观的未来。

有一个“MORS 法则”，也叫具体性原则，对我们的学习很有启发。

MORS 即：Measure（可计量），Observable（可观察），Reliable（可信赖），Specific（明确化）。其关键在于排除目标中一切抽象的概念和无法测量的因素，只以具体的“行动”作为一切判断标准。

坚持日复一日在固定时间练字，目标明确，字帖可信赖，书写效果可观察，练字量可量化，日日坚持，功不唐捐。

311 班的孩子自此爱上了这项训练。我也承诺，会在每个学期开始和寒暑假期间，定期提供字帖，只要他们想练好字。

## 68.

我的好友、儿童文学作家陈诗哥在《红树林》杂志做执行主编，他知道我在海岛支教，也知道我正带着岛上的孩子读诗写诗，特意发来信息向我约稿，让我写一写海岛上的诗意生活。

这封约稿信，就像一阵花信风，让我沉寂了一段时间的诗心又开始涌动起来。花不应该白白盛开，日子也不会白白走过。

去西校区时，会经过南澳县第一幼儿园，就在幼儿园的墙边，盛开着满墙的炮仗花。幼儿园门口总是挤着一堆接送小孩的家长，可他们的眼里只有自家的孩子，却不见满墙金黄。

我在日记里写道：

上一回，采拾花蜜是什么时候？

那甜，那清香，那一脸的灿烂光芒。

这一次的门前多了不少张望。

而满墙的热烈依旧无人放在心上。

可惜了，这一墙的炮仗花，总在热烈又寂寞地歌唱。

## 69.

读廖伟棠《趁还记得》：

趁还记得，睡前刮胡子。

趁还难过，梦中再次话别亡友。

趁还痛苦，醒来仍然抚摸这个城市，

……

趁还记得，填好信封回邮。

趁昼长夜短，收拾好平生故事，落草为寇。

跟学生一起读，一起聊。“趁还记得”，这是个不错的话题。很多美好的事，我们一直心动而未行动，最终流于幻想。所以，想到就要去做，别犹豫，别迟疑。

在同学们七嘴八舌聊着的时候，我也感触良多：支教半年了，想做的事还有很多，之前跟朋友们提到想在六七月份做一个“海岛诗歌节”，这是一个很浪漫的想法，不过需要很多力量来支持。我跟同学们提起，大家都觉得浪漫极了。艾米莉·狄金森说“希望是个有羽毛的东西”，它会慢慢长大，我会去努力达成，但我也考虑了很多：这个诗歌节，是在校园里做还是放在海滩上做？是在白天做还是在夜晚进行？可能参与的朋友有哪些？有没有人能给我们一些支持和赞助？

我不会天真到搞不清这件事实现起来的难度，但这丝毫不能阻止我去实现它的努力。支教虽然还未满一年，还有一个学期的时间，但我有一个强烈的预感：这座海岛，已经深深浸入我的生命，成为我的骨骼，化为我的血液。我的呼吸里，携带着海风的气息；我的谈吐中，涌动着海浪的澎湃；我的思虑中，充盈着海岛的辽阔。

我把小岛写在诗里，让我的爱分行呈现：

如果，你从我的岛上经过

我是后宅小学操场上的小叶榕
大雾降临，隐身于欢笑
风起了，向你伸了伸腰肢

我是海滨路上的烟花
在最高处绽放
只为看清营老爷红通通的脸

我是三囱崖上的双灯塔
立地不成佛
走一圈，就像大鸟绕树三匝

我是海边栈道下的红礁石
海浪争相告诉我白色的心事
化作沫，也碎成了花

我是猛然闯进岛上的候鸟
是一直漂泊的游人
是大尖山上背负重压的叠石岩
是孩童脚下的细沙
是海中蹿向蓝天的浮云

我的双眼浸染碧蓝的海水
我的呼吸里浪潮奔涌
我的身体里居住着一条鲸鱼
我的诗句闪烁着落日的辉光

如果，你从我的岛上经过
请穿过澳呖隧道
去拜访那山上的风车

那是我的锚，也是我的桨

晚上参加六和公益举行的《更大的宇宙》读书分享会，我提到了最近在看的电视连续剧《我们的日子》。剧中的淑霞是一个酷爱诗书的女子，虽然已为人母，但这爱好一直不灭。淑霞的闺蜜傅莹跟她闹了矛盾，傅莹为了与她和好，在淑霞的女儿雪花的建议下，写了一首诗送给淑霞。虽然傅莹只是一位从不读诗更不会写诗的厨师，但因为诗中语句情意真切，最终还是打动了素爱读诗的淑霞，两人、两家重归于好。

谁说诗歌毫无用处？

在生活中的某个关键节点，抑或不幸滑落幽谷的至暗时刻，如果幸而还能读诗，心中的火花就不会熄灭，词语的力量支撑着你不会轻易倒下。诗里有真情，诗中有力量。

我写这首小岛的诗，更多的是出于一种念想。我把岛上的几处地名嵌在了诗里。我奢望着有那么一天，有人读到这首诗，会好奇这座岛，去跟灯塔合个影，去看岛上的风车，去海滨路上放烟花，去红礁石上吹海风、听海浪，去环岛，穿过澳呖隧道，最终，遇见岛上写诗的孩子们。

## 70.

在深圳时，班级群里不论发布了什么消息，家长都高度重视，唯恐遗漏。现如今，我在支教班级群里不管发了什么，家长几无反应。

这是不重视，也不懂得如何重视。学生回家能做什么？实在堪忧，以致我对岛上的家长能否重视和配合无法抱有期望。

这其实是乡村学校的基本面貌，教师能做的，是尽可能把学习的任务、练习的内容落实在课堂、完成在学校。

不过，我还是有些不甘心，今天特意做了一点尝试：我把朋友寄来的几本家教类图书照片发在群里，问谁想要看。没想到，竟然有几位家长私信我说想看。真是欣慰啊，我立马答应上班时带到学校，由孩子带回家，欢迎家长阅读。

中午跟余凯饭后闲聊，他谈到了在南澳的自我成长，言谈间甚是满意，说不像在深圳，有太多的事情干扰，而在这里，有大块的时间读书、写作，感觉特别好。

我告诉他，等他支教结束回深圳后，会更加想念这份好。此时我在想，如果余凯读到这本书，看到这里，又会作何感想？

## 71.

六位好友登岛，天气格外晴好。

祖文和玉斌先到，在县城的金龙南路吃了一碗牛肉牛丸粿条，又在小城转了一圈。

县城毕竟不大，转一圈也要不了多长时间。小岛上的人都爱喝茶，几乎没什么咖啡馆供我们闲坐静聊。

时间尚早，我们从金龙南路走到龙滨路再转到海滨路，就已将南澳的繁华地带转了一圈。

这时，乐芬和祖庆也到了。我带大家去云澳渔排吃海鲜，味道极鲜美。

饭毕，大家即开始准备直播事宜。此时一哥和老季也到了，我们一起上线直播，名之曰“七侠五议”。话题自然离不开儿童阅读，大家谈锋甚健。因是“百班千人”总导师七人齐聚首，地点又在我支教的小岛上，好奇者颇多，在线观众对话题本身的兴趣远不及对我们七人齐聚的小岛兴趣浓。

晚餐后，大家就在楼下的海滩上随便走。老友相见，恍若梦中。

第二日凌晨四点多即呼唤大家起床，本想迎候一场盛大的海上日出，无奈浮云遮望眼，久立临海阳台，只瞥见东边天际亮着一抹云霞，却迟迟不见红日身影，这让我的精心安排大打折扣。

下午去澳前村，穿过一段幽暗的防空洞，我们看到了一场华丽的海上日落，因有渔船作背景，更显生动壮观。

祖庆兴致勃勃开起了直播，邀我作即兴介绍。我提到这里是电影《四海》的拍摄地，有美景美食和浓郁的潮汕文化……此刻，我已是半个海岛人。

晚上和老季聊到我的海岛写作计划。他提醒我，一定要明确读者的需求，要把写作背景设置到读者关切的话题和兴趣上来，不能自言自语。他直截了当地指出我之前出版的几本书都存在这个问题。

祖庆建议我设计一些有意义的项目，可以深化教育内涵。

的确，我要好好想想怎么去做，然后才是怎么去写。

在这之前，先做好记录。

祖庆主动给我们311班的孩子上了一节图画书读写课，借助《神奇飞书》的力量，带给全体听课的师生超豪华的阅读体验。

这应该是南澳岛上的老师第一次听到全国语文名师的课吧？而且还是送上门来的好课！打开的何止是课堂上的大门呢？

我们无意中架起了另一座桥梁。

## 72.

联想到正在编写的童诗分级读本《假如，一起读诗》，我觉得还是要有一些新的变化。老季提到的关于层次感的设计等建议颇有价值，但不能立即遵照执行，并非我不能从善如流，而是如果我失去了一贯秉持的文学味儿，单纯按大众的思路去走，我将非我。

这不是我想要的结果。我要保持自己的风格和品位，才能做出真正属于自己，并且自己也认可的东西来，至于市场反响如何，有没有更好的回报，我暂时无暇顾及。

跟童诗分级读本的编辑王卉老师在电话中对此作了讨论，她理解并支持我的决定。感谢编辑对我的包容。

关于这套童诗分级读本，我想还有很多可为的空间，比如封底的名人推荐可以取消，改成童诗分级读本的概念阐述，这样正好呼应老季的建议；另外，诗集出版后会邀请关注诗教的朋友写些评论和感想，发在公众号或者纸媒上。我相信这套童诗分级读本一定会成为孩子书包里有趣的诗歌读写对话本，给不同年龄段的学生带来好玩有用的诗歌阅读新体验。

七嘴八舌聊诗歌，想想都有意思。

## 73.

在南澳县全体支教老师座谈会上，我代表后宅镇中心小学的四位支教老师说了一些想法，表明了我们想做出推动和改变的愿望。比如说，平时跟同事们一起聊天，我们关注到无论是老师还是学生，都显得活力不够。解决的办法在哪里呢？首先，必须改变唯分数论、唯刷题论。我们需要减轻老师和学生的负担，具体说来就是不必每个单元都要考，不用做那么多重复机械的题目，可以多举办一些有意义的体验性的活动，带动学生多读书。再比如，我们希望在力所能及的范围内引进资源，带动本地爱学习的老师往前走，希望得到教育主管部门的支持。

有领导很关切地跟我说，希望我还能在这里待三年，教三年，言下之意是这一年教完后，接班的老师衔接不上，孩子们心理落差会很大。我说，我已经把种子种下去了，它们会发芽，只要接班老师不把读书的种子、写作的种子给掐掉，我相信孩子们只会越来越好。

我在思考，我也在担忧：教育变革为什么很难推进？最根本的原因在于人，而人的问题在于思想。如果一直待在自己的舒适区、活在自己的老观念里，就很难容下新的观念、新的事物、新的现象。然而，世界一直在变，如果因循守旧，老百姓会用脚投票，他们选择离开南澳送孩子去岛外读书。所以，要想发生实质性的改变，必须更新观念。

后来的事实证明，新任局领导决心很大，改变已然发生。

## 74.

今天的落日还是很美。趁下午没课，我去海滨路看日落，然后拍下一张非常特别的照片：透过路边的树枝，画面中的落日布满树叶，看上去毛茸茸的。

我把这张照片发到班级群，请同学们看过以后写上一两句话。一会儿工夫，就收到不少有意思的作品，我选了几首发在朋友圈，配上这段文案——“毛茸茸的太阳毛茸茸的光，毛茸茸的孩子毛茸茸的诗”，引来一片叫好。

这就是诗歌的样子，这就是生活的另一面，只不过很多人忽略了这一点，所以不能发现生活之美，也不能引导学生去感受这美、表达这美。

你看，一个大人对一群孩子来说是多么重要，他可能会把孩子带向更美的那一方，也可能会跟孩子一起陷入泥沼，寸步难行。

好老师太难得，我偏爱做好老师胜过一切。每天不胜欢欣地带着孩子去发现美，创造美。这不就是诗人痖弦说的“诗是认真生活的结果”吗？

关于生活，我们如此认真，我们都是诗人。

## 75.

今日读书，看到美籍波兰诗人米沃什谈“观察”，他这样说道：“描写要求强烈的观察，如此强烈，以致日常习惯的面纱脱落，我们觉得过于普通因而未加注意的事物奇迹般显露出来。”

奥古斯丁也有类似的观点：“凡是存在的事物都有其善。一个诗人在世界上注目的东西越多，他的形象就越丰富。诗人有时候就是靠着所写的事物树立个性。言之有物，物是诗个性的一部分。就像弗罗斯特诗中的农民生活，扎加耶夫斯基诗中的欧洲建筑和风景。描写就是建立这种个性的过程。”

读过以后，我很受触动：原来我们总是无视日常的真意，漠然走过生活；我们只是漫不经心地营生，不会去注视生活，不会去打量日常。习以为常蒙蔽了我们的心眼，使得我们看不见事物本来的样子、生动的细节、微妙的变化、刹那的动静。痖弦所说的“认真生活”，一行禅师所说的“正念”，就是提醒我们要活在真实的当下，且要关注正在进行的每样事物，充分享受此刻与此在。

我决定把这份特别的体验分享给同学们。在周五的最后一节课上，我告诉他们，要学会“强烈的观察”，才能见到日常忽视的地方，就像隆澳大街上埋伏在地下却又露出地面的巨大石块，生长在县委大院墙边的参天大树，山脚井路边的六角井以及井边随时出没的野猫……这些我们每天经过却很容易无视的事物，都可以写到诗里去。只有把自己生活的具体角落和名称写到诗里，我们生活的这座岛以及大家的童年，才能在诗里、在生命里，一直鲜活。

写诗的意义，在于重新发现生活的价值。

## 76.

由于这两天一直在看王志军的《进入诗歌：关于读诗和写诗的六堂课》，导致很多需要紧急完成的事情反被搁置在一边。读着，收获着很多的美好，不断去验证自己的想法并且明确自己的做法，这是一个不断确认的过程，也是自我验证的过程，有些时候，要松开双手，才有力量抓住那些更为重要的东西。

岛上有一个白鹭湖公园，昨天终于得空去转了一圈。那里真的有一个白鹭湖，湖边有几只白鹭在散步，间或有几只白鹭从海边飞来。这里是它们栖息的家园。

对一座海岛来说，有一处白鹭的栖息地，倒是一件稀罕事。同样令人稀罕的是我在后宅几乎没有见到过海鸥。但是这种“稀罕”很快被打破。去电影《四海》的拍摄地看日落的时候，在落日的余晖下，在大风大浪之间，我看见几十只海鸥在海面飞翔。那一片海域，似乎成了它们嬉戏的游乐场。那一刻，站在风中的我，倒是羡慕起迎风飞翔的海鸥来。它们是风之子，它们是大海的宠儿。

飞累了，它们甚至还会泊在水面休息，随着波澜起伏却不会被海水吞没。片刻之后，再次起飞。

我把这一幕拍摄下来发在视频号里，远方的朋友看到后，说要把这个视频分享给没有见过大海的学生看。以前，他们没有见过海鸥在落日余晖之下飞翔的场景。现在，我们共同见证，一起惊叹。

收到几个孩子写的诗，他们有的得意地发在朋友圈里，有的单独发给我，要我跟他们讨论如何修改。写诗成为他们最热衷的活动，就像这群海鸥，热衷于在海天之间嬉戏。

我很庆幸，我在海岛当老师，我们选择了诗歌。我也在想，如果没有诗歌，日子还剩下些什么？

感谢孩子们。感谢海鸥。感谢白鹭。感谢诗歌。

## 77.

面对汹涌而至的人工智能浪潮，我跟朋友讨论起 AI 创作诗歌的可能性。在我看来，应付公文式的写作，AI 没有任何问题，甚至做得比大多数人都要好。但是，诗歌注重精神性，关乎细密的幽深的情绪性的表达，既有对万物的凝视，也有对心灵的体察，仅仅依靠算法，想必很难写出惊艳的作品。我们一致认为，像诗歌、小说这类充满灵性的文学艺术创作，大数据是无法制造出打动人心的作品的，不然，人类的阵地将守无再守。

但愿我们的判断是正确的。

## 78.

一早，章芸同学发来日出的照片。中午，锦斌同学也发来在家拍摄的日出照片，还写了一首诗。

太阳

早晨的太阳
就像一个孩子

从云床里慢慢钻出来
起床后的第一件事就是刷
刷下无数美丽的晨光

教育的诗意，隐身于生活的日常之光，就像影像藏在了镜子里，芳香藏在花朵中。

啖日常之美，饮生活之甜，纵然日子琐碎，但细细打量，哪怕是只言片语，哪怕是刹那之光，都能给每日的劳碌平添一抹诗意。

今天上午上完课，在西校区三楼办公室跟同事们聊天。我很享受这样轻松愉快的聊天，他们也希望我能在办公室跟大家多待一会儿，这样就可以跟他们多聊聊天。

我像是从岛外吹来的风，携带着新鲜的气息，打开了通往另一个世界的大门，让他们看见另一种缤纷。

我跟大家讲得最多的是深圳的教育生活：我如何在深圳做老师，怎么引导学生爱上读书，以及在全国各地推动和传播阅读与诗歌写作的故事。

想必是上天的恩赐，这是一段短暂却珍贵的同事情谊，如果有可能，我希望能够给予他们需要的帮助，这可能是他们从来没有得到过的。

## 79.

这一天发生的故事，在未来的日子里，一定会被反复地、骄傲地提起。

为庆祝“三八”妇女节，这天下午，我们来到东校区，参加学校组织的教师趣味运动会。

虽说是“趣味”运动，但哨声响起，进入比赛模式，大家都会认真对待。在前两项比赛中，西校区代表队表现不佳，得分垫底。第三项比赛是“风火轮”，分值极高，要求每组派出十位选手，前后相连，合力将彩色环带滚动到指定地点。比赛开始前，西校区的同事们不许我袖手旁观，一再邀请我出马做龙头。我也慨然应允，挺身而出。结果居然获得了第一名，逆袭成功，带领西校区代表队由倒数第一变成了顺数第一！级长苏老师说：“终于扬眉吐气了一回！”

西校区赢过东校区，在以往很少见。我的到来，似乎有一丝助力，也带来了好运气。

## 80.

周末特意回了趟深圳，因为我要主持操办一场名师工作室的学术活动。王小庆老师来深圳，我们工作室的成员正在共读他的新书《评课到底评什么》，作者本尊来了，岂能轻易放过。有了作者的亲自加持，读书分享会可以做得更深入。

活动开始之前，我专门找我们深圳实验学校小学部的吴立新校长详细汇报了支教及工作室活动情况。吴校长对工作室活动特别支持，对南澳县后宅镇中心小学与我们深圳实验学校小学部两地两校的互访活动也大力支持。对于做实事的人来说，我们都希望踏踏实实把事做好，一丝不苟地把工夫花在做成事上。

读书分享之前，有一个工作室的授牌仪式。吴校长双手高高地举起“周其星名教师工作室”的牌匾，那一刻，我很感动。这是学校对我的托举。而教育不正是向上的托举吗？

学生需要老师的托举，教师需要学校的托举，年轻教师需要资深教师的托举，普通老师需要名师的托举……

彼此成全，是真君子，为大丈夫。

## 81.

与此同时，在同一个周末，311 班的同学们，正在做这样几件事：

第一件事，收集潮汕本地童谣。

我们全班正在共读《河神娶亲》这本书，书中出现了不少好玩的童谣。我提醒同学们，可以利用周末时间，去收集和朗读潮汕本地的童谣，这也是潮汕文化的一部分，不容忽视。

当然，同学们发来的朗读视频，我其实听不懂，不过，看镜头里他们的表情和动作，不像是在表演，而像是在罚站——太拘谨了。

虽然我一直鼓励他们更自信一点，更好玩一点，甚至更调皮一点，但一进入正式场合，他们还是放不开。

第二件事，放风筝。

春日的天空，应该飞着形形色色的风筝。

童年的天空，又怎能没有风筝？

不过，风筝要怎么放才能既飞得起来又飞得高？这是个技术活。

统编教材小学语文三年级下册第二单元的看图作文就是“放风筝”，只有经历过，亲自体验过放风筝，才会有话说。有生活，有经验，文章才能有血肉；有细节，有情感，文章才能真实动人。

第三件事，阅读寓言故事。

这是教材上“快乐读书吧”的要求，但前提是要选好合适的寓言故事书。这类公版书最是鱼龙混杂，泥沙俱下，尤其在某些平台，价格低廉的盗版书一大堆，屡禁不绝。

我提醒大家要找好的版本，每当有家长询问，我都会耐心地追问几句，请他们给我看看是哪家出版社的；或者让我看看译者是谁；或者多拍几张照片，让我看看书里面的内容：字号多大、字体如何、排版怎样。

如果是在实体书店里，我会让他们掂掂这本书的分量、闻闻它的气味、翻翻它的书页，看看用纸好不好……

我暗自庆幸班级里的彩色书柜上摆放的都是优质童书，对于翻过且看过好书的同学来说，经过这段时日的训练，已经拥有了初步的鉴别力。当孩子学会读书，爱上读书，接下来，就要懂得分辨什么是好书。人生无非选择，取舍可生智慧。

这也是一个长期的训练过程，就从找到一本好的寓言故事书开始吧。

# 波澜阔

当 311 班小诗人朗读诗歌的声音在广播里、
在全校师生面前、在偌大的校园里响起，
我在海岛的意义，
仿佛已经完成了。

## 相信诗歌的伟力，自有神奇发生

### 82.

禹田文化的两位编辑老师来到南澳，这是第二批登岛的朋友。

上岛第一餐，请她们吃潮汕特色牛肉粿条，跟我刚来南澳时一样。

晚上跟诗人蓝蓝老师和小庆兄视频，一起讨论、落实“贝石杯”原创童诗大赛的奖项。这项赛事，由贝石公益基金会支持，星星新诗社具体推进，每周二到周四接受全国各地小诗人的投稿，每周选出十佳，一个月后，再从中选出每月之星，分别给予 50 元的现金奖励。我们坚持了一年，12 个月下来，前后评选出 120 首优秀童诗。现在要优中选优，评出一、二、三等奖来，着实为难。

前期投票，树才、蓝蓝、小庆三位评委的意见并不一致，但经过视频交流，尤其是蓝蓝老师的耐心讲解，最终达成了共识。

小朋友写诗，本就是一桩了不起的事，如今得到大诗人的关注和点评，尤其是得到大诗人的赞许，不仅让这些写诗的孩子深受鼓舞，也让我们这帮做现代诗歌教育的老师倍感激动。

当然，同样激动的，还有为我们策划出版《彩色的诗歌教室》系列图书的禹田文化的编辑老师们。

## 83.

两位编辑去西校区，要听我的诗歌课。

这节课的主题是：如果你要写春天，就不要只写春天。

很显然，这是一个很好用的句式，在不同的场合都适用。

诗歌教学没那么难，也没什么秘密，就像这节课，因为句式简单，学生仿作就很容易。确定“春天”主题后，原诗的语言结构就是支架，再提供一些关于春天的词语支持，同学们现场创作，效果很好。

小锐第一个举手，要求上台朗读自己的诗作，这也是他第一次上台朗读自己的作品。你可能想不到，他平时写作文有多难，写作业时有多不乐意，至于成绩，也一言难尽。

诗歌是否拥有这样神奇的伟力，足以打动和唤醒一个学困生？或许，它能赋予我们失落的尊严也未可知。

其他同学陆续登台，高声朗读。

如果你要写春天，
就不能只写春天，
你要写爆炸的炮仗花，
写海滨路上的热情，
写黄花山的大小乌龟，
写绿植，
写燕子，
写翱翔天空的风筝。

（胡欣悦）

如果你要写春天
就不能只写春天
要写海滨路上的风声
写燕子回来时的喜乐
写山顶村梦幻小屋上的炮仗花
写天上像城堡一样的云

写西山村的桃树
写同学们写春天的沙沙声

（洪锘桐）

如果你要写春天，
就不能只写春天。
要写桃花的香，桃花美，
写鸟儿的欢乐，
写海滨路上的热闹。
写植物的生长，
写社会的发展，
写幼儿园的炮仗花。

（陈桦珊）

如果你要写春天，
就不能只写春天
要写生机，写微风
写白鹭公园的白鹭
要写柳条，写树木
写小燕子从南方飞来
要写种子，写发芽
写海滩海浪

要写风，写树梢
写花开的声音
（林子茵）

这几个同学借助原诗句式，让诗歌表达变得相对容易，这是诗教的一条捷径。

恩萱同学写了两首，却是思维打开后的变通，有“柳暗花明又一村”之感。

其一

春天是一个世界
春到人间草木知
春山茂春日明
春风把南澳岛吹响
吹响花儿吹响种子
吹响公园的白鹭
吹响了整个南澳岛

其二

我把梦想种在春天里

我把阅读种在春天里
把写字种在树上
把时间种在遗憾里
把诗种在校园
把老师种在我们心里
那人间有些人过得平凡
那大自然窃窃私语
舞动春风数万里
又唤醒了一个诗中的我

小诗人们就这样你一首我一首，甚至一首之后再来一首，诗兴之浓，像春天一样繁茂。

在这之前，编辑小杨只是在审读《更大的宇宙》一书时读到我纸上所写的诗歌课堂，如今来到诗歌教学现场，亲眼看到一首首小诗从孩子们笔下真实地诞生，看着大家争相上台朗诵自己的诗作，看见他们被我点评后回到座位修改，再排队找我……她第一次真切感受到“彩色的诗歌教室”的魔力。

周日，我又在松山湖图书馆讲了一次同样的主题。这次面对的是幼儿园到初中的学生，年龄跨度太大，上课的难度超乎想象，幸好我提前做了调整，因为时长有一个多小时，所以我从星星新诗社推送的“一起读诗”里挑选了四首关于春天的诗。

在我这些年的诗教实践中，有个信念一直不变且益发坚定：优秀的诗歌，是最好的引子，用玛丽·奥利弗的话来说，就是“最好的老师”。从语言本身来说，在这些优秀的诗歌中，总会有一些奇妙的词语或句式，可以帮助初学写诗者搭建一条攀登的阶梯，循着词句拾级而上，可登堂入室，笔到诗成。

找对了好诗，就是找到了捷径。一首好诗，就是一个桃花源。

为此，需要每天花点时间去读诗。

如果你也有此意，不妨像我们一样，跟着星星新诗社，每天一起读诗，你也能找到自己的桃花源。

## 84.

越过岛，跨过桥，去汕头市蓝天小学，给老师和学生各讲一节课。

课程的主题还是现代诗歌教学。虽然这是一条少有人走的路，但现在路上多了一些坚定的脚印。我相信，听过讲座和讲课的老师，能够看见——诗歌之光，足以照亮庸常的生活。

给学生上的诗歌课是诗歌体“自我介绍”，这一内容，我在《更大的宇宙》里有详细的描述，每位看过这本书的老师都能轻松复制，移植进自己的教室。

对于蓝天小学的学生来说，这也是一节现代诗歌启蒙课。

从学生的现场写作来看，不乏佳作。其中，602 班这位叫屠惠欣的小才女的作品，引来全场的掌声与惊叹。

我

我是长河漾起的涟漪
我是繁星亲吻花蕊的美好
拥有梦想，不曾见过流星
拥有平凡，不曾有过忧伤
喜欢听晚风轻抚稻穗
喜欢看夕阳之下远山的风景
爱乘坐芳华的流星划破天际
爱凝望静谧的岛屿在云彩飘浮
常常停驻在露珠点缀的夜
常常驰骋于幻想编织的天
清晨第一缕朝阳会洒入我的心房
月夜第一缕幽光会进入我的梦乡
云彩的碎影令我着迷
平凡与独特的滋味令我沦陷
我坐在云端，思索世间朦胧
我漫步星河，观望流星陨落
我，平凡又独特着
收敛起光芒，默默游荡

相信诗歌的伟力，自会有神奇发生。

## 85.

中午出发去佛山，路过深圳北，过家门而不入。

晚上跟妙珊、思沛等三水友人一起，漫步北江大堤。沿途都是小摊贩，售卖当地各种小吃，尽显人间烟火气，此时最能看到生活的温情。

回来后，跟《星岛女孩》一书的作者燃木见面聊了一会儿，我正在读她的新书《雄狮少女》，文字品质很好，一问方知她以前一直写诗，难怪，难怪。

第一次见，只是闲聊，话题松散。燃木说跟我聊天，能感受到我充满正向的力。

我也意识到了自身生命状态与思维方式的悄然变化，自觉支教以后，心态改变了不少，看问题不再一味消极，或者动辄激愤，而是能从更多角度去思考问题。或许是海看多了，视野更加开阔，心态也愈加平和吧。再大的心事，也填不满一片海。

聊到出版的愈加艰难，我建议她按照自己的节奏写好故事，这个世界，终会善待好的文字。

燃木想让我给她的新书写导读，或许，她觉得我可以读懂她的书吧。

虽然我只是一个普普通通的读者，但朋友盛情相邀，不能辜负。更重要的是，书确实好。

这本书后来确乎有很好的反响。好的文字，好的故事，果然有好的回答。

## 86.

上午在三水区实验小学举行诗教活动。

先听妙珊的课，直让人惊叹二年级学生现场写诗的能力，亏得我还担心没有所谓支架，这些孩子如何能写出诗来。

是我低估了学生，也低估了好诗引路的价值。

接着是我上课。

虽然还是讲《自我介绍》，但版本已经发生巨大的变化。我是一个不愿自我重复的人。在原设计的基础上，这次我做了减法，课堂上顿时从容多了，尽情地读，敞开来聊，写作的时间、分享的机会、点评的范围，更为充分。

友菊老师也来听课。这是她第三次现场听我的诗歌课，按她的说法，这是最受启发也是最接地气的一节课。

作为教研员，她希望我能用语文书上的现代诗歌上一次公开课，给一线老师示范如何上好诗歌课。我们约定来年第二学期，我准备一节诗歌公开课，放在三水区实验小学上。

讲座结束时，我告诉听课的老师们，如果喜欢这节课，可以拷贝我的课件，去班上给自己的学生讲一次，一定有惊喜。

当天下午，三水区实验小学的卢琼老师就拿着我的课件去自己班试上了一节课，果不其然，效果奇佳。

好诗如水，随物赋形，可发生在每一间教室。

## 87.

三水区图书馆环境很好，胡馆长有心，推出了很多有创意、有品质的文化惠民活动。

一个地区，如果经济已然发达，但文化缺席，当地文化人难辞其咎。

读书人，不能局促于书斋，需要走出去，为老百姓做点什么。

发生在三水区图书馆的这场“春天的诗会”，经过馆方精心设计和布置，氛围舒缓浪漫。最令人欢悦的莫过于将关于春天的诗作写在小卡片上，挂满两侧的墙壁，随手就可以取阅。

诗离我们如此之近，我们坐在诗歌里。

孩子们从墙上找到自己喜欢的诗歌，取下卡片，大大方方地上台朗读。甚至有小孩儿现场创作诗歌，朗读自己的作品。

我看到了春天的诗歌生机勃勃。

胡馆长的女儿在南海读三年级，好不容易周末回家一次，原本不太乐意参加这个活动。正巧她坐在我身边，我跟她聊了一会儿，指导她读了一首诗，上台朗读后，她又兴致大发，现场作诗一首，再次登台朗读，热情饱满。

活动结束我要离开时，小姑娘一个劲地邀请我下个月再来，说会请我喝奶茶，咖啡也行。

因为诗歌，我拥有了与孩子天然相亲的神奇魔力。

## 88.

见到了从事诗教的小伙伴丽如和琳娜。

她们俩联手，在东莞松山湖把现代诗教学做得风生水起，听说学校校长对此也十分支持。现代诗教学还很小众，能得到学校领导的鼎力支持，是一件幸运的事。这幸运，不单是老师蒙受恩惠，学校里跟着读诗、写诗的孩子更为受益，乃至对当地的文化风气和人文氛围来说，都是福音。

在校园里转了一圈，学校的文化气息很浓，墙上、地上，处处可见充满诗意的语句。

丽如提到“3·21”世界诗歌日这天，学校要举办一场盛大的诗歌展活动。这是一个很隆重的想法，对于写诗的孩子和教诗的老师来说，都是一次备受瞩目的机会，也是一次将诗歌高高举起的盛典。

参观了计划中的诗歌展示场地后，我提了个建议：儿童是灵的，诗歌是活的，不要把孩子的诗用常规的展板固定起来，不要把充满灵性的诗歌框进玻璃里，不妨在进校门后的那排树上，系一条长绳，将孩子们的诗作卡片夹在绳子上，再挂几个铃铛，有风吹过来，叮叮当当地响。诗歌像鸟儿，在树间、在阳光下，叮叮当当地飞翔。

诗必须是活的。因为看诗歌展的人，也是诗的一部分。

回南澳，我在动车上完成了《中国教育报》的约稿：关于世界诗歌日，我们的童诗教学故事。

我拟的题目是《用诗歌擦亮母语》，比较完整地阐述了自己的诗教观，并且旗帜鲜明地提出要为儿童打造一间彩色的诗歌教室：

“诗歌语言就是在不断地擦亮母语，让它重新焕发光彩。它是在追溯语言的源头和破坏语言的承袭。”（廖伟棠《我偏爱读诗的荒谬》）这些年来，全国各地开始涌现出一大群热爱诗歌教育的小学语文教师，他们利用晨读时间、课前三分钟时间，在教室里带着学生朗读优秀的现代诗，并自觉开发校本课程；利用托管服务的时间，给学生赏读现代诗歌，指导创作现代诗歌，用诗歌的鲜活语言激发学生创造的活力，擦亮我们的母语。

大量的诗歌创作实践，让学生获得了语言的自由与自信，我们把这流淌着花与蜜、诗与歌的浪漫主义教育称为“彩色的诗歌教室”。

……

在坚硬的现实里，坚持理想无疑是难的，但丧失了理想追求的人生该何其乏味无趣。我们生而平凡，但因为诗歌，日子不再锈迹斑斑。身为一名教师，当怀揣理想，披挂一身诗歌的光辉，带着儿童走向明亮的前方。

之所以大篇幅引用这么多文字，是希望看到这本书的你，从此对诗歌多些好奇，让生活多些诗意。

## 89.

我仔细看了看三年级下册第二单元的语文测试卷，有些题目对孩子们来说真不友好。幸好大家对我给的阅读和写作建议认真对待，看书的效果总算是显现出来了：作文里的词语丰富了，语言也流畅了不少，甚至有不少孩子开始在作文里很俏皮地表达了。孩子们的阅读理解也较上学期有明显进步，不再是傻傻看不懂了。

下午训练诗歌朗诵。练进出场，练站位，练发声，练表情……如何发音，才能让远处的同学听得分明？如何控制自己的手不去摸脸、擦鼻子……小小的一次展示，背后不知要花费多少工夫，尤其是对毫无舞台经验的同学来说，更是极大的挑战。

有针对性地训练几次后，效果明显，同学们从入场到站定再到朗诵，最后退场，胸有成竹，文质彬彬。

教育就是要让孩子走向更好的自己，先有明确的要求，再加上反复训练，同时加以鼓励与鞭策，最后静待花开。一切值得。

诗歌值得，童年值得。

## 90.

3月21日，世界诗歌日。这天，我带着同学们去操场，围在校园里的大榕树下，去观察这棵树的细节。

孩子并不懂得观察的要义，不懂如何去注视一棵树，需要我来提醒他们：要去细数它的胡须，触摸它的枝干；要去仰望树上无数的叶子，看风吹来时叶子们如何摇动，想象它们在窃窃私语；看它站立在正对校门的地方，每天迎来送往，静默无言……

要去拥抱它，就像拥抱父母亲人。

想象有一条河流从地底下顺着树根逆流而上，如将耳朵贴近它粗壮的树身，就能听到河水奔腾，浪花四溅……

想象它曾经是一粒种子，就像我在春天时发给大家的种子，被一双小手种下，然后发芽……

完成观察后，同学们开始写作。

我看到楒慬这么写：

大树啊大树，
你有多少个小眼睛？
你有多少只胳膊？
你的头上
有多少个鸟窝？
大树啊大树

你的身上到底有多少秘密?

天真的发问固然可爱，但总觉得少了点什么。我找来美国诗人华莱士·斯蒂文斯的《观察黑鸟的十三种方式》，希冀用大诗人的诗作来引路，打开同学们的写作思路：

一

周围二十座雪山，
唯一动弹的，
是黑鸟的眼睛。

二

我有三种思想，
像一棵树，
栖着三只黑鸟。

三

黑鸟在秋风中盘旋，
它是哑剧的一小部分。
……

我一直坚信，优秀的诗歌，可以带领学生快速进入更新颖的写作地带，助力学生找到更新奇的语言表达。

此时正是春天，那我们就来赞美这棵春天的榕树。

洁菲写道：

赞美一棵树的三种方法

一

一棵树有很多种思想

一种思想等于一根枝丫

二

赞美一棵树

不是用语言

而是用心

用行动

三

树不是人

人也不是树

树无法体会人的贪婪

人也无法体会树的痛苦

小洁菲平时话不多，但爱思考，在这首诗里，她选择用诗歌赞美树，批判人。

栎霖也变得积极起来。这几天他常有佳作要跟我分享，兴致出奇地高，考试成绩也有了起色。我特意将一本刚收到的新书优先借给他看，小家伙兴奋得直跺脚。

《中国出版传媒商报》的记者江玉婷老师采访我的报道刊发出来了，全文六千多字，她说写到凌晨两点多。玉婷出手不凡，洋洋洒洒，总是令我惊叹。

我喜欢这样的文字，你看这标题——《孩子用诗歌的语言重新定义世间的秩序》，直指童诗教学的要义。文章提炼了三个关键词来概括我的童诗教学之路："埋桃核""诗歌树""光脚丫"，很精准也很形象地浓缩了我支教之前的诗教探索与实践历程。如果说还可以更新的话，再加上一个"南澳岛"就更完整了。

用三个关键词介绍完我的诗教之后，进入最精彩的"对话"环节。

江玉婷：写诗以后，学生有哪些变化？

周其星：诗歌的魅力在于，把那一刻记录下来，变成语言的存在。有学生发现日落很美，拍下来，把照片发给我。还有学生会邀我一起去爬山，去看花。

他们会发现生活中的细节，看到平凡之美。《更大的宇宙》第一章是《我的自画像：自我介绍》。学生用诗歌给自己画自画像，其实就是重新认识自己的过程，只有接纳自己，才能赞美自己。

江玉婷：推广诗歌教学的过程中，最难的是什么？

周其星：最难的是认知转变，老师要先意识到，教诗并不难，诗教有价值。就像我今天在一场诗教讲座上说的，诗歌的果实是甜的，这种甜蜜希望大家都来品尝，而且是一伸手就能摘到，没有想象中那么难。就像诗人里尔克所说的那样，“建立起一座庙宇在你们的听觉深处。”希望有更多的诗歌爱好者成为同道者，我们一起建立一间间彩色的诗歌教室，在童年深处。

……

我把这篇专访分享到朋友圈，这时看到微信群里弹出一连串图片，是丽如和琳娜在松山湖举行世界诗歌日活动的现场照片。

看得出，诗歌活动很成功。

## 91.

世界诗歌日第二天，《中国教育报》刊发了我的文章《用诗歌擦亮母语》，引发大家对现代诗教的关注。

恰逢安徽少年儿童出版社的两位编辑老师来访。她们在暑期得知我要来南澳支教，那时就怂恿我写点东西，记录这趟珍贵的教育之旅，我也正有此意。承蒙不弃，是时候在家乡的出版社出一本书了。

跟这两位编辑投缘，是因为当我有了一个看似不靠谱的主意或者一时热血想到某个点子时，她们会跟着我一起激动。保持好奇，保持纯粹，所以容易同频共振。这也催生了更多好玩的想法。

关于这本书，受埃尔诺的影响，我准备采取碎片化的叙事方式，而孩子们的诗歌和我们的诗教故事，将会作为主线，贯穿始终。这些都是在写的过程中冒出来的新构想，不仅仅是头脑风暴过后的方法论。这也是一个逐渐厘清自己的过程。很多看起来光鲜或者伟大的计划，都不是凭空造就的，一开始谁也无法思虑周全，都是做着做着就清晰了。这时，高远的意义自动浮现。

一年太短，导致我有着强烈的紧迫感；又不能操之过急，做什么，怎么做，做得如何，离岛后又要怎样延续……都要一步一个脚印。虽然每年支教的人那么多，写支教故事的也不少。但我有个预感，这次支教之旅，会是一个很有意思的范本。

有位艺术家朋友提到正在策划在海岛礁石上刻诗。不敢想如果把孩子的诗刻在礁石上，会有多浪漫。

南澳不缺礁石，如今也不缺诗歌。

## 92.

编辑来访，和我正式签下了出版合同，这意味着，接下来较长一段时间里，这些关于海岛的文字有了去处。有一种待字闺中，即将出嫁的感觉。

两位编辑跟着我步行去西校区，想看看我平时是怎样去上班的。她们还要听我的课，甚至批改我们班的作业。当然，也会跟我的学生聊天，估计是想从他们口中套取一些秘密。

对这两位突然来访的客人，同学们特别喜欢，也不怯生，一副自来熟的样子，围着她们问个没完，说个不停。胆子大的，甚至替她们梳起头发，扎起辫子来。

生活里，一定要有新鲜感；教育现场，一定要有跟昨天不一样的东西。“苟日新，日日新，又日新”是也。

孩子们讨厌一成不变的世界。

我也讨厌陈旧无趣的生活。

离开海岛后，其中一位编辑写了一篇文章，让我看到了作为儿童文学编辑的才华和诚意。

在题为《我来海岛听他的课》的文章里，她用文字复现了这条上班之路：

从支教老师的宿舍走出，上山脚井路，走街串巷，过妈祖庙，木棉树下小驻，炮仗花前流连，最后在南澳县政府对面的早餐店里，买份拇指生煎，端一杯豆浆，再拐个弯，绿荫掩映下，一棵大榕树从容淡定地立在操场草坪中央，教学楼坐落在右手边——后宅镇中心小学西校区，到了。我们走的，正是周老师每天上课的必经之路。

她也用文字描述了我的课前练字情景：

踩着上课铃声，和雀跃的孩子们一起拥上三楼，来不及寒暄，我们迅速在311班的教室后排坐下，学生们已经掏出字帖，埋头专心练字了，喧哗的教室，瞬间安静下来。在每堂课开始的5-8分钟时间里，并不急于授课，而是让学生们通过“写字练心”，安抚躁动的心情，快速进入课堂角色，这是周老师的独门诀窍。

当然，她也听到了一直想听的海岛诗教课：

这堂“诗教课”，周老师先是带领孩子们一起读美国诗人华莱士·斯蒂文斯的组诗《观察黑鸟的十三种方式》，体会诗人的诗情诗意；再让孩子试着以《观察树木的七种方式》或者《赞美春天的树》为题，为学校操场上的那棵大榕树，写一首诗。孩子们时而吵吵嚷嚷，时而低头思索，提出五花八门的小问题，周老师都一一作答。听着听着，我忍不住也在听课笔记上，胡乱涂写了几笔。课堂过半，周老师请几个孩子朗读作品，他再一一指导，修改。我看着自己写下的那几个潦草的“诗句”，想到作为文学编辑的“颜面”，竟然不敢抬头看周老师的眼睛，这才体会到了在我们的小学课堂上，学生敢于发问、敢于回答、敢于和老师积极互动，是多么难得啊！由此，我也愈发感受到了在周老师的课堂上，师生之间那份珍贵的尊重与平等、理解与关注，以及始终散发着的浓浓的善意与诗意。

最后，我必须要跟大家分享她在这节课上创作的诗歌：

南澳春天

曾经想来南澳

并不是以这种方式
云雾给山戴上一顶帽子
我走进母语的课堂

灯塔四海都有
无人岛却只在阿成的小艇上
滚烫的诗歌的灵魂
就像滚烫的功夫茶
是凤凰单枞、木棉树
还是炮仗花

云澳、深澳、青澳
都不能分享来自外省人的注视
我把这个春天的神往
唯独埋在后宅小学的
榕树下

感谢两位可爱的朋友，你们的到来，原本是想见证海岛故事，却不知道，又给我的海岛增加了新的故事。

## 93.

写诗的孩子把作品拿来跟我分享，一起讨论如何修改。我发现普遍问题是无法做到语言简练。

对于习惯写作文且被要求了一定字数的孩子来说，要用最简单的语言写出意蕴丰富的诗句，确乎是困难的事，哪怕对我来说，也是极大的挑战。

章芸的诗，仅“清明”一词，就重复了三四次。我让她对比着读：不删“清明”，和删去“清明”，有什么不一样。

她不好意思读出口，觉得太啰唆了。

我坚持让她读完，想让她直接感受无谓的重复会带给读者怎样的折磨，这样才会印象深刻。

欣悦、恩萱、锦斌、楒憻、锘桐、子琪也都来找我，希望从我这里得到最直接的帮助，修改好自己的诗作。

对自己的作品不满意，希望通过修改达到理想状态，这是特别值得嘉奖的事。我很欣慰，班级里此风蔚然。

西校区周一晨会上，恩萱在全校同学面前朗读了自己的诗作《赞美春天的树》：

一

我是一棵大树

一摸我就感到害羞

二

树的思想
是它的根
树的烦恼
也是它的根

三

鸟是树叶
树是家

四

春天的榕树长出了新的叶子
就像新的未来和新的希望

五

秋天的时候
是树木的黄金时刻
也是农民伯伯的时刻

六

一眨眼一瞬间一年过去了
种子重新发芽

七

榕树一年又一年

一岁又一岁

树荫长了　童年短了

当 311 班小诗人朗读诗歌的声音在广播里、在全校师生面前、在偌大的校园里响起，我在海岛的意义，仿佛已经完成了。

# 让树成为树，让花成为花

## 94.

开学初发下的种子，经过这么多天的种植、发芽、生长、开花，答案呼之欲出——是圆瓣牵牛。

最先揭晓谜底的是宇骏，他的种子最早开花。

我提醒大家近期要多留心花盆，多拍照记录。因为现在进入了花开花谢的关键期。牵牛花会在一天之内完成花开花谢的全部动作，它有个美丽的名字叫“朝颜”，清晨开花，中午时分开始凋谢，此时颜色已变，等到孩子们下午放学回家时，花已完全枯萎。这些美好，如果稍不留意，就会错过。我们总是在漫不经心中错过太多美好的瞬间。

种植，当然是为了花开的这一刻，但又不只是这一刻。

见到花开的孩子，也乐开了花。

下午是西校区学雷锋纪念日诗歌朗诵会。

311 班因为经过多次排练，上台朗诵颇有章法，也有气势，一不小心就拿了个一等奖。同学们特别开心，据说，这是他们第一次拿到一等奖。

全班的花，都盛开了。

我跟班主任商议，借此高涨起来的士气，乘胜进发，让班级更有凝聚力，更有向上的热情。

教育不就是要唤醒、鼓舞和激励吗？集体的凝聚力、个体在团体中的价值感，教师给予学生有情感的支持和无威胁的学习环境，让每一个孩子都能被看见、受重视、有安全感，如此，才能让树成为树，让花成为花。

## 95.

上午在东校区听一位老师上《自相矛盾》这一课，教学设计逻辑清晰、层次分明，运用了情境教学法，板画也生动，还加入了字源教学，巧用支架，促进思维品质的发展，配上很有特色的市场叫卖音频……可圈可点的地方很多，可惜因环节冗杂，课堂上步履匆匆，真正用来落实和夯实的东西有限，徒生蜻蜓点水之憾。

评课时，我提到了师父赵志祥先生反复强调的语文教学要做好减法，要多留白，才有赢得更大空间、争取更多出彩的机会。

想到师父，晚上我在海滨路散步时，特意给师父打去电话，跟他聊21号工作室的活动安排等诸多事项。师父自是积极支持。我找他要前些年他的课堂视频，才知道他手头上几乎没有。这些课堂录像太经典、太重要了，我在网上却只能搜到2019年左右的。我建议师父从他人处把这些年的经典课例视频搜寻过来，由我们帮着保存，师兄弟们平时多看看，工作室成员也可以多学习。

不知不觉，我们又聊到了“人生的意义”。人生之初，或许并无意义，所谓意义是后天建设和赋予的。在我看来，生而为人，得到了这个世界的哺育，回馈的最佳方式，就是尽可能让世界变得更好。

这就是我们活在当下的意义。

师父听后，赞许不已。

## 96.

雪藏了十年的稿子，终于得见天日。

《我六岁，一年级》这部六七万字的文稿，记录着我刚到实验学校小学部时的带班小故事，因为当时身为班主任，总能及时了解到孩子们生活和学习中的点点滴滴。我以儿童的口吻讲述了一年级那些鲜活的快乐时光，采取的是儿童视角，语言活泼有趣，故事也充满教育的活力，富有鲜明的时代气息。当我发给出版社的编辑老师看过后，大家都觉得很有吸引力，适合出版。

十年前的一颗种子，终于点头，开花，对我微笑。

文字终有意义，记录自有价值，始觉此生之行不虚。

## 97.

今天是世界儿童阅读日，主题是“我是书，等你读”。遗憾的是，当下的情势，分明是“等不得，等不到，等不及！”。

推动读书这件事，虽说意义深远，但只有真正行动起来，让“读书”成为实质性动词而非概念性名词，一切才有可能。对于教师来说，要能排除干扰、放下杂念去读书；对于学生来说，身边要有书可以读，要有更多适合他们当下年龄的好书可以读，要给足时间、创造机会让他们读，要一本接一本地读、读、读。

有些人以为，乡村阅读教育肯定做得比城市好，理由是城市里的应试教育太“卷”了，教师和学生根本没法读书。其实这是一个误会。持这种观点的，想必只是看到过有公益组织在推进阅读的乡村学校，没有深入了解更多的乡村，不知道乡村教育的困局何在。

最大的障碍是观念守旧，习惯陈旧，百年不见一变。我甚至在想，如果让我在这种环境里待上五年、十年，是不是也会被同化，不思进取，不谋变化。

乡村教育力图破局，需要深度思考：改变的动机是什么？动力系统何在？在他人的风言风语中怎么做到不动摇？在机械教条的语境里如何做好自己认定的事？

我当下所经历的现实，同样面临各种挑战。所幸，外来者身份、原有资源，以及背后不少支持我的领导和朋友，这诸多力量的加持，让我更容易实现当初定下的支教目标。

周末我让同学们回家做一个小实验。为此，我提前发了几个有趣的科学小实验视频在班级群，同学们只要依样画瓢就能完成。直到周日晚上，只有两个同学发了动手做实验的小视频在班级群。其他人呢？到底做没做？有没有遇到什么问题？我不得而知。

或许，他们对这类动手实操性的任务，远没有刷题做练习那般热情；也或许，家长根本就没有时间看班级群里的消息。

我只能单独找，私下问了。

晚上直播“贝石杯”原创童诗大赛的颁奖典礼，在线参与的人不多，热衷于现代诗歌教学的人终是少数。少有人走的路，从来如此。我不慌张，也不失望。

我在致辞里说道：“过去的一年，何其艰难！然而令人感到庆幸又骄傲的是，孩子们还在写诗，还在热爱着生活。我们燃烧文字,照亮前路。去年的12个月中,我们坚持每周评选十佳,每月评选十星,激励孩子们提起笔记录生活。一年下来,一共收到了3000多首诗作,在各方评委的评选下,又从中遴选了120首,分别颁发了证书和50元奖金。今晚,将会公布年度大奖名单,奖金极为丰厚!”

这是我的期望,努力整合资源,搭建平台,鼓舞更多的孩子爱上诗歌,并善于用诗来表达自我。

颁奖典礼上,小庆、蓝蓝、树才三位老师都作了发言。有这些大诗人的支持,有星星新诗社义工小伙伴们的陪伴,我不会成为孤勇者。相反,我倒是发现了一群和我一样热爱诗歌的朋友,大家分散在全国各地,都是带着满腔的热爱在教学生读诗写诗。

步履从容,不会失望,也不慌张。

执着地坚持做有价值的事,不管他人如何看待,自己做得满心欢喜就好。幸福感并非来自他人的简单认可,而是源于自我认同与价值实现。

我们用诗歌托举起孩子,就是高举着自由,托举起明天。

## 98.

这是南澳岛上的惊魂一夜。

这天晚上,我们报警了,是因为支教老师的安全受到了威胁。

在我们租住的房子后面，有个聋哑小伙平日里一直疯疯癫癫，我们经常会在半夜听到他的哭叫声。这天傍晚，他又在耍疯，用灯直晃其中一位老师的窗户，我去楼上查看时，被他看到了，他竟然扔石头砸我们的窗。我们都关紧门窗，没有理会。

突然，听到楼下有老师瑟瑟发抖的声音在高喊我，我赶紧跑下去，发现他竟然从屋后冲到了我们的门前，张牙舞爪，怪叫嘶吼。

他看到我后，竟然更加狂躁，几次要冲过来。房东曾叔和他的朋友闻讯从五楼下来，拼命拦着他，不让他进屋，但架不住他的蛮力。在他再度发起冲击时，我赶紧去关大门，他却猛地一脚向我踢来，幸好我反应快，侧身躲进屋里，铁门上的一根栅栏被他踢断。

我们的语言本就不通，在这种情况下，即便有房东曾叔在，沟通也完全无效，眼见几位支教老师吓得脸色发白，我只好选择报警。

警察到来后，也没有更好的解决办法，只能找上门去劝告监护人，一定要严加看管。

我也提醒同住这栋楼的几位支教老师，明天起，几个人要同进同出，小心保护好自己，千万不能出事。

支教的领队不在岛上，我将此事及时跟他做了汇报，请他一定要将此事告知当地教育局。

那几天，我们进出时眼观四路，耳听八方，随时准备着应付突然袭击，所幸平安无事。

## 99.

诗歌从生活里走出，带着真与美，直指事物的本源。而本质的东西要用心才能看见，眼睛不过是恰好捕捉到而已。

坂本龙一去世了，我才知道这个人。

去听他的音乐，看过他的生平后，我萌生了向同学们介绍他的想法：坂本龙一会在任何地方敲打看到的东西，了解它们的声音。在巴塞罗那，一辆巡逻车响着汽笛驶过，他赶紧掏出手机录音，为没有错过这个声音而开心；他会蹲在北极圈的冰原上，小心翼翼把录音设备用绳子吊着往下沉，去收录冰川裂缝下的流水声，“把声音钓上来”；为了听雨落下的声音，他把水桶套在头上走进雨中；进入森林，他拿着小棍子敲敲打打，为穿过树林的风的振动而侧耳；回到家里，他在播放收录的自然之音中开始工作……

这跟我们的诗歌写作何其相似。唯有仔细注视过生活，才有创作的可能与价值。

之所以向学生讲述他，是因为对海岛上的孩子来说，这是一次启蒙，是打开一个新世界，让他们得以看见课堂之外，还有更大的宇宙。

下课后，昊泽主动来到办公室，要我再给他播放一次《圣诞快乐，劳伦斯先生》，他拿着手机听得很是认真。

门外有两个男生推来挤去，一脸笑嘻嘻。

没等我喊他们进来，栎霖率先开口："老师，钟锐说你的坏话。"

我把他俩喊进来，不是为了批评他们，而是请他俩看看，他们的同学昊泽正在做什么。

不用我批评，他们都低下了头。

## 100.

再度收到"百班千人"寄来的公益助读共读书，一共 48 本。

统计了一下，我们已经汇集了近 600 本优质童书，供全班同学自由阅读。其中，"百班千人"星光计划为我们公益支持了四期共读书，每期都是全班人手一本，算起来，也有近 200 本了。

今天开始同步全国三年级第 50 期共读，所读之书《男孩米达斯和巧克力魔法》，讲述了一个一日三餐都想吃巧克力的男孩米达斯的离奇故事，像是"点石成金"故事的巧克力版：男孩米达斯的身体碰到的一切，都会变成巧克力，而米达斯也从开始的欣喜若狂到后来的灾难不断，再一次证明"爱好与愿望，过犹不及"，不要让你的热爱，变成毁灭你的根源。

书不厚，故事也不复杂，道理清晰明了，理解起来毫不费力，对阅读经验日渐丰富的 311 班同学来说，难度不大。所以，我们开始在圈画批注上下功夫，指导大家读完、读懂并最终会读一本书。

清明节期间，我布置了一项探究性作业：在一张 A4 纸上，绘制一棵家族树。

据我观察，很多孩子不清楚长辈的称呼和姓名，不知道他们的血缘关系，不明白家族的来历和过往。这不就是生活在同一屋檐下的“熟悉的陌生人”吗？

不知“我从哪里来”，怎么知道“要到哪里去”？不说孩子，又有多少大人清楚这一切？缺乏家族观念，家风家教传承也无所依傍，家庭教育问题自然频出。

早该补上这一课了。

县文化馆和图书馆就在西校区对面，几步路就能走到。这么好的校外文化教育资源，怎能浪费。

下午，我去拜访了图书馆的吴老师，看了他们二楼、三楼的布局和环境，书不是很多，新书也少，但很干净，很安静。

吴老师是“90 后”，对举办公益文化活动充满热情，我们一见投缘，很快就商定了要举办的活动名称、内容和具体时间。

都是想做实事的人，那就联起手来，行动起来。

没想到，在这之后，我们还真做成了不少事，而且都是南澳岛上响当当的头一遭的事。

## 101.

支教逾半年，对脚下的这块潮汕大地益发好奇。清明期间，应陈文洲先生之邀，去他老家普宁走走。没想到，这里除了发达的商贸文化，还有浓烈的红色革命文化：我入住的酒店附近有座人民公园，一进门就能看到一座烈士纪念碑。正逢清明，不少市民带着孩子来此献花。

我想起我们编写的《讲给孩子的百年梦想》，第二辑中有一本《实业家的故事》，其中就写到在普宁出生的著名金融家庄世平。文洲先生介绍说，华侨中学有个庄世平纪念馆。我想去看看，瞻仰庄世平先生的伟大生平。无奈因为清明放假（潮汕地区家族意识浓厚，对清明祭祖尤为重视），博物馆不开放，只能望而兴叹。

文洲先生推荐我去德安里，它位于普宁故城洪阳镇南村，是清末广东水师提督、名将方耀与其兄弟共同营建的家族集居寨，也是潮汕地区现存规模最大、保存最完整、历史时期较长的巨型府第式建筑组群。

漫步在古村落，穿行于镬耳屋之间，联想到中国传统建筑有“君子营建宫室，宗庙为先，诚以祖宗发源之地，支派皆本于兹”的观念，而《潮州府志》也提及：潮人“营宫室必先祠堂，明宗法，继绝嗣，崇配食，重祀田”，对潮汕文化，我因此有了更深入的理解。

## 102.

清明时我布置了特别任务，让每位同学做一棵家族树。这是一项特别适合在清明祭祖时去研究的功课。祭祖，自然要知道祭祀的是哪些祖先，叫什么名，怎么称呼，有什么故事……很多孩子，并不知道长辈的名字，更不知道他们的人生故事。如此境况，家教家风怎么传承？就算烧再多纸钱也没有用。

自我认知是建立在一个广阔而深厚的背景下实现的，它不只是镜中自观，还需要多一些好奇：你源于谁，来自哪里，你的血脉里流淌着哪些历史？这也是一种“自知之明”。

如果做得细致一点，将家族树上众亲人的学历、职业、有哪些成就等做一个统计，一定会让孩子在自我归属感、家族文化、学业发展以及职业选择上有更多思考。

# 黄金非宝书为宝

## 103.

周一要面向东校区全校师生做一个发言，余校长想让我借此给大家讲讲读书这件事。

我想重点谈谈“为什么要读书”，穿插几则小故事。

比如，将读书列入家风家训的故事，然后再提几点建议。

马英九的爷爷马立安的治家家训是“黄金非宝书为宝，万事皆空善不空”，马英九将这副对联挂在办公室，影响了他的一生。

浙江宁波姜山镇有个走马塘村，从北宋到清朝，这里的陈氏家族，一共出了76位进士，被称为“中国进士第一村”，陈氏家族的家风家训首句就是“读书为重，次即农桑”。在我老家安徽，自古就有“耕读传家”“晴耕雨读”的风气。都怕“富不过三代”，因此，大户人家特别重视子孙的教育，正所谓：几百年人家无非积善，第一等好事只是读书。

人类的大脑一开始还不是阅读的大脑，一个阅读的大脑，需要持续二十年的训练才能成熟。

小时候读的书越多，积累的词汇量越大，记住的句子和故事越丰富，人越聪明，学习越轻松，也越优秀。反之亦然。

我刚来后宅镇中心小学时，就发现很多同学大脑“银行”里存储的词汇很少，太“穷”了，阅读理解能力有限，一到写作文就害怕。当读书的种子种下来后，情况明显好转。真的很神奇！

大文学家黄庭坚说过：“一日不读书，便觉面目可憎。”有人改成一个更有意思的说法：“一天不读书，外表看不出。一周不读书，说话会变粗。一月不读书，智商输给猪！”

你们想输给猪吗？肯定是不想的。那又如何让自己读更多的书？

首先，上课要认真听课，提前做好预习，尽快完成作业，这样就可以主动获得更多读书时间。

其次，要想办法多找书来读。县文化馆、图书馆和新华书店都可以是大家经常打卡的地方。

再次，现在网络便捷，物流方便，买书也很简单，如果平时努力，表现好，可以让家长奖励图书，上网就能买到，很快就可以读到。

最后，可以组建书友会，跟兴趣相投的同学一起读书，交换好书，漂流图书，不仅读书氛围好，也会有更多好书相伴。

我相信，学校也会大力支持，积极打造好的阅读环境，鼓励同学们多读好书。

在家里，同学们最好要有一个小书柜，给自己营造一个温馨的阅读空间。

我们不仅要多读，还要多写，只有当你开始写的时候，才会发现自己读书太少，然后才能提醒自己读更多书。

要多读诗歌，尤其是现代诗，它很短，又很神秘，如果你多写诗，就能对语言，对生命，对我们的世界有更敏锐的关注。

跟大家提出的这几条建议，是因为我自己都做到了，且深受其益，乐在其中。希望同学们读书快乐，入得宝山，常有收获。

## 104.

我把朋友寄来的澳门鸡仔饼奖励给班上写诗的孩子们。

章芸的《路上》特别干净，仿佛一块“接受阳光的冰”：

我看见公园
有一群孩子玩泡泡
他们的笑容
像一块接受阳光的冰块
一块没有任何杂质的
冰块
说到这
我发现
自己走在路上
其实也挺好

干干净净的语言，源于干干净净的生活。干干净净的想象，来自干干净净的眼睛。

311 班的诗歌写作，可以更上一级台阶了。

我把在东校区谈读书的文章命名为《让读书成为南澳岛上

的第四座灯塔》，发在了“星星问答”公众号里，设置了原创，获得了一些打赏。

我将此事告诉同学们，让他们知道：“好好写作，是可以用文字换得稿费的。”

台下几个小诗人听了暗自点头，一脸期待。

有梦，就好。

## 105.

期中测试成绩公布了，依然不够理想，我们用一节课的时间进行复盘和自我分析，从四个方面来思考：

第一，是我笨吗？这一条应该不存在，按照传统说法，海岛上的孩子都是吃鱼长大的，应该很聪明。

第二，是我懒吗？这个有可能，看平时的作业表现，偷工减料的不少。

第三，是我马虎吗？那就要找到犯错的地方，仔细分辨是因马虎而失误，还是知识点掌握得不够牢固。

第四，是我不得法吗？那就要多去看看别人是怎么学的，死记硬背、题海战术肯定行不通。

小树同学是全班唯一一个不乐意订正的，他嫌自己错得太多，订正起来太辛苦。

但我还是陪着他，近乎是督促着他一一完成，我看他已接近不耐烦的边缘了。

究其原因，还是平时家长没空管，放任孩子随大流，最后就是不入流，只好由学校老师来接管。可是老师也没有三头六臂呀！

周末让同学们回家练习书法，周一收作品时，我发现大家只是应付，不少同学根本就没交。通常这种非做题式的非常规性作业，完成度都很差。

书写最好的是榶憧和锘桐，看得出平时经过专门的书法训练，毛笔字写得不错。当然，这也跟孩子自身有关，在意了，认真了，就不会差。

我给写得好的孩子都发了奖。一等奖的奖品是我从西安带回来的名为“李白”的糕点。字好诗也好的孩子，当然要沾沾诗仙的才气。

二等奖的奖品是“大唐小棒”，也是我从西安带回来的，名字好听，香脆好吃。

得到奖励的孩子自是满心欢喜，眉眼间尽是骄傲的笑意。我抖了抖手中还没发完的奖品，告诉眼巴巴看着、一脸羡慕的其他孩子：“努力的回报，付出的奖励，都在这里，等着你们来领取哟。”希望以此能激励更多孩子，希望我的奖品远远不够。

## 106.

这次要在西校区给全县三四年级的语文老师讲诗歌教学。

这也是支教期间必做的功课——指导和培训当地教师。我选择谈诗教，不仅仅是想分享我们311班诗歌写作的景观，更是想提醒大家：诗歌写作对儿童语言表达有神奇的促进作用。

我的讲述里，都是真实发生的故事，都是支教以来一点点做出来的案例。因为真实，所以更具说服力。

微视频《诗的童话》打动了大家，视频里那位支教老师带着海岛上的孩子写诗的故事，像童话一般美好，也像预言一般神奇，似乎在讲述我的故事：从深圳出发，来到南澳岛支教，选择用诗歌推动教育静悄悄地变革，让岛上的孩子充满灵气，从此爱上了诗歌……

童话是真的。

活动结束后，冒雨开车前往深圳，正式开启两地两校学术交流之旅。

## 107.

回深后，我找了个空闲的下午，去了一趟福田区东海实验小学，给学校的故事妈妈成长团义工及青年语文老师讲“整本书如何读”。

示范的案例是两本经典童书，《绿野仙踪》和《牧羊少年奇幻之旅》，分别讲述了一位女孩和一位男孩的奇幻之旅，这也是少男少女的成长之旅。

分享的时候，我发现大部分人都没读过这两本书，导致在讨论环节话题难以深入，我只能抛出一些基础性问题，让现场互动感更强。就像下雨过后，用一堆湿柴取火，要小心呵护每一点火星，临了，读书的火种才慢慢点燃，我相信他们回家后，会重新捧起这两本书。

真正的好书，会让你看了又想再看。

真正好的书，是往人心里走的啊。

## 108.

南澳县五十多位老师在黄校长的带领下走出海岛，来深圳教育考察，全天直落。

这是以我的名师工作室为桥梁推动的两地两校学术互动，也是对口帮扶在教育领域的新突破。

上午听雅茹和洁雅的接待课，上得可圈可点。看着两位年轻教师迅速成长，在舞台上自信绽放，颇为骄傲。

中午跟工作室的小伙伴们一起聊天，他们对我在南澳的支教故事很是好奇。我简单讲了几则小故事，让他们知道人在他乡但努力不怠的辛苦与欣慰。不管怎样艰难，理想主义的光辉不灭。

更多内容，我没有详细展开，只是剧透说我都做了记录，会写在书里，耐心等待就好。

下午的安排，首先是工作室的读书分享会。前期工作室成员在共读于永正老师的教育文集，这次逐一登台讲述读后心得。宏广和小科表现尤佳：线索清晰，要点明确，不枝不蔓，好听易记。两位都有一个共同的特点：脱稿讲述。这样最能展示我所看重的现场演绎能力。

最后请师父赵志祥老师讲他的老师于永正的故事。有一个细节触动了我：赵老师把自己的姓名字号设计得很小，还特别安置在幻灯片的右下角，看上去很不起眼。

赵老师分享的主题是《从师漫谈：跟着师父做老师——做一名合格的语文老师》。

“直到现在，到退休时，我才敢说自己是一位‘合格’的语文老师。”作为全国小学语文界叱咤风云的人物，赵老师到退休时对自己还是如此低调的定义，让全场所有人肃然起敬。

回忆恩师于永正时，赵老师从多年前师父的三次痛骂说起。

1988 年，上完《狼牙山五壮士》，于老师质问：“五壮士‘壮’在哪？悲壮！”

1988 年，上完《狐假虎威》，于老师质问：“除了‘好，很好’，你还会说别的吗？”

1995 年，听完课，于老师质问：“看你那张脸……”

从此以后，赵老师开始对着镜子练台风，真情地“装猫变狗”；苦练基本功，练好三个一：一手好字，一口好口才，一篇好文章。

讲述中，赵老师频繁引用“师父说”——

师父说：“示范是最好的指导”。因此，赵老师一直努力做学生的榜样。

师父说：“亲其师方可信其道，亲其师自然信其道”。因此，赵老师努力改变自己的心理状态，让童真融入灵魂。

师父说：“语文教师要做语言医生”。于是，赵老师尝试主题辩论、学习演讲、每日听读、背诵积累等方式，苦练内功，不是烂熟的知识不搬进课堂，不是纯熟的技艺不搬上讲台。

师父说：“你要学会站在巨人的肩膀上”。于是，赵老师描红仿影，遍学名师课堂，甚至背诵于老师的课堂实录。

渐渐地，赵老师领悟了师父的语文教学艺术精髓，那就是：激发兴趣，培养信心，在兴趣和信心中实现师生心灵的沟通、情感的交融。

……

一个多小时的讲述，大家听得如痴如醉。原来，一代语文教育大家是这般教育弟子的，一位语文名家是这样成长起来的。

工作室成员秋菊在活动报道稿《缘行千里续传承，研思共进两地情》里写道：“教育家蔡元培把教育分成两个层面：一是‘现象世界’的教育，注重的是教育的功利性和实用性；另一个则是‘世界观教育’，也就是培养学生的信仰和信念。而一位‘合格’的语文老师的标准是什么？赵老师的师父于永正老师或许给出了很好的答案：以身示范，苦练内功。扎实厚重，妙趣横生。他强调语文一定要姓语，在识字、写字、朗读、背诵上下功夫。读得进，记得住，用得出。当你真正淡泊了名利，不为彰显自己而设计，不为赶时髦而设计，才可能真正让学生学有所获。”

赵老师和他的师父于永正的故事像极了一个圆——从教之初，被出色的语文老师引领，被优质的语文教育滋养，见过美好教育的模样，最终自己也成为一位出色的语文老师。

然而，这还不只是一个圆——我带着工作室成员读于永正老师的书，听于老师的弟子讲述他的教育故事，而我又师承其弟子赵志祥老师……这就是传承的奥义，又是教育的秘密。

这次活动的主旨尤为鲜明，正如吴立新校长在活动开始前的欢迎词中所说的：“今天的主题是传承，传播。”为此，他还引用了韩愈的名言，表达了三点期望：第一，要常交流，从先达者身上吸收能量。第二，敢超越。有独立思考，有创造，才是真传承。第三，多培养，多栽培。提携后进，培养后达者，让事业不断推进。

南澳县后宅镇中心小学的黄耀南校长也表达了对深圳实验学校小学部帮扶的感谢，希望能延续这种传承、传播的力量，为海岛带来更多教育的福音。

吃饭后，全天跟随拍摄的一斌兄批评我，说我总是站在舞台的边角暗处，光照不到，很难出好片。

他是从光影的角度来谈的，如果从教育心理学角度来看呢？是不是可以这样说：把更多的光亮留给工作室的成员，就像师父有意把幻灯片上自己的名字缩小，放在小小的角落？

然而，即便是角落，一样在发光呢。

## 109.

周日，自深圳返回南澳，开车五个多小时，一斌兄与我同行。他对我在南澳的支教生活充满兴趣，坚持要用镜头记录我更多的教育生活。

这次不再是一个人的行程，路上和一斌兄畅聊，也听音乐，亦谈人生。只是时不时要面对他的摄像机，总有一种被窥探的不自在感。

在服务区休息给车充电时，收到西校区黄主任参观结束回南澳后发给我的感言："听了赵志祥老师的精彩讲座，才重新发现做一名合格的语文老师还得努力去学习和践行……赵志祥老师下午的讲座虽然一再压缩时间和内容，但其语言'妙语解颐、妙趣横生、妙不可言'（于永正老师对其的赞誉）和'妙语连珠、想不到的精彩'（杨再隋教授对其的赞誉）久久不能忘却……"

黄主任说，他想要好好读一读于老师的六本书。我的车上正好带着完整的一套，答应明天送给他。

这也是思想的传播，教育的传承。

## 110.

4·23 世界读书日，我们 311 班跟南澳图书馆有一个美好的约定——合作开展“小小诗人，大大世界”的读诗写诗活动。

第一节课，我们在学校观看短视频《诗的童话》。看完以后，我们聊到了读书的意义。受到视频的启发，又跟着我读了这么多的书，同学们都有话要说，一个个写在了黑板上：

“书可以把我们带到更远的地方”；
“书可以让我们经历更多人生”；
“天要下雨，人要读书”；
“天要下雨，我要写诗”；
“读书人有更多文化”；
“读书让人更快乐”；
“读书让我们忘记烦恼，告别忧伤”……

上午九点，同学们排好队，去学校对面的图书馆。六位家长义工已经守候在了校门口。

整理好松散的队伍，我们有序进入图书馆一楼阅览室。

我先示范脱掉鞋子，靠墙摆放好，同学们照着我的样子，脱鞋，摆放整齐，然后依次入室，席地而坐。

南澳图书馆的小明和新阳两位老师已经提前布置好了，小小讲台上放着两个毛绒动物，大的是长颈鹿，小的是马。我选择坐在毛绒小马上，恩萱坐在一旁的长颈鹿上，这是对她每天都来图书馆读书的特别奖励。

一开始是读诗。

举手的人很多，我鼓励他们先用潮汕话来读，但我实在听不懂，忍不住照着样子学了几句，南腔北调，惹得大家大笑。

进入写诗环节，我传授大家“四步成诗”的秘诀：

第一步，选一个日常的普通的事物，写下来；

第二步，用一个特别的甚至出格的方式来形容它；

第三步，写一个有感情的句子，进行情感染色；

第四步，采取分行、空格等方式，完成这首诗。

一步一步，拾级而上。

长期读诗写诗的孩子，不用费力教，很快就能找到感觉，进入创作状态。他们索性趴在地上或伏在桌上写。写好后，就来找我，读给我听，一起商量如何修改。

完成诗歌创作的同学还有奖品拿——是可爱的“捏捏乐”，这是我建议图书馆买的，我知道他们喜欢什么。

同学们的诗歌创作热情像涨潮一般，现场佳作不断。修改好的诗作，抄写在事先准备好的卡片上，形成一幅诗歌作品，交由家长义工或图书馆老师，用小木夹子固定在一面墙壁的绳子上，悬挂起来。

一面诗歌的墙！

其实，我更愿挂在图书馆门前的大榕树上，每天有很多岛民在那棵树下乘凉休憩，我总在想象他们抬头就能看到孩子们写的诗的场景。

小明提醒我“岛上风大”，这个浪漫的想法硬生生地被她掐掉了。

活动结束，西校区的庄主任将自己拍摄的活动照片发在了教师群里，称赞这次活动效果好，特别有意义。

黄主任留言说，他也要带学生去图书馆分享交流。

家长义工熙航妈妈和锘桐妈妈整理了一份文稿，发了美篇，详细记录了这次活动的全过程。

栎霖妈妈诗兴大发，回家后，写了一首礼赞老师的小诗：

恩师

恩师
是炎热夏天的一口冰激凌
恩师

是寒冷冬天的一口麻辣烫
恩师
是温和春天的一口串串香
恩师
是凉爽秋天的一口糖葫芦
恩师
是深圳支教大神周其星

（柯小丹）

图书馆小明老师也有感而发，在一张小卡片上即兴写了一段文字，发在了她的朋友圈：

作为父母，会觉得自己仅此而已了，
但孩子，不止如此。
作为老师，会觉得自己用心尽力了，
但学生，不够努力。
我与父母心中的孩子和老师眼中的学生，
应该差了一间彩色的阅读教室，
和一个星星老师。

从零到一，并不容易。但事在人为，当你决心去做一件有意思的事情时，你并不知道这件事做成以后，居然会影响和改变很多人。

小明和新阳说，她们想到 311 班听我的课。

我当然欢迎。“不过，”我说，“你们听完课，要写点东西哟。”这两个人，居然点头同意了。

晚上，《中国教育报》公众号发布了一组庆祝 4·23 世界读书日的短视频，其中有我在南澳海边礁石上朗读《海底两万里》片段以及诗歌《致大海》的镜头。视频里，海风呼啸，浪花四溅，一位男老师正捧书而读。看得出，他很享受这样的教育生活；看不出，他来海岛不到一年。

## 111.

晨会时间，全校师生齐聚操场，我们班照例派出两位小诗人登台朗读诗歌。

章芸同学上台朗读了她的《四个我》：

世界上有四个我
雨水倒映出一个我
看着天上有个我
阳光下的影子是
另一个我

和在写诗的我
说着秘密

这首诗源于一次雨后，章芸看着操场上的积水发呆，向我提出了一个很有哲学意味的问题："老师，你觉得这个世界上到底有几个我呢？"

她用这首诗，回答了自己的问题。

烨铭朗读了他的《风》：

风是一个旅行家
想去哪玩就去哪玩
没人管
但风
没有……家

这首诗，是烨铭昨天在图书馆现场写成的，被认为是昨日最佳。其末句尤为动人。

上台朗读前，我给他们提了点建议：不仅要朗读诗歌，还要说说自己的这首诗是怎么创作出来的，谈谈创作感想，号召大家一起来写诗。然而，登台后，两个孩子都很紧张，把我的叮咛丢到了九霄云外，连提前练习过的朗读都打回到了拖腔拖调的原始状态。

每一段经历都不可缺少，在全校老师和同学们面前朗读自己的诗作，这对他们来说，尚属首次，不激动、不紧张才怪。沉着老练一定是反复历练出来的。

中午读到黄校长参加深圳培训后的心得，他以《传播、传承，合作、发展》为题，写下了一千多字的感想。我被他真诚的文字打动。

……

虽然，我们总说"终身学习"，但口头多于行动，特别是在系统完整地读原著、读名著上，缺失更多，也致使我们的遗憾更多！随后，赵志祥老师的精彩讲座——《跟着师父做老师》，更是触动我的灵魂，使我脸红耳赤。时常听到赞许与肯定的我，颇有成就感且飘飘然，聆听了赵老师的演讲，让我恍然大悟，真如井底之蛙，羞愧难当！我相信，有意愿当好老师的同事们，一定触动灵魂、收获良多！

记得那天培训时，黄校长一直坐在第一排，认真倾听，认真记录，不随便离场，也不刷手机应付了事；培训结束后，更是主动写心得体会，真诚地自我剖析与自我批评，这份坦荡与勇气，令人感佩。

读黄校长的文字，如见一位立体、丰富、坚守、真诚的教育长者：作为南澳教育的“老黄牛”，毕业后一直扎根海岛，默默耕耘。2019 年，后宅镇多所学校合并为一所时，人事复杂，困难重重，黄校长勇担重任，成功地将后宅镇中心小学打造成粤东地区基础教育的一张名片。时至今日，即将退休的他没有追求安逸稳妥、无为而治的养老式管理，反而大魄力寻求变革，主动率领五十多号人的队伍，远赴深圳参观学习。这样的壮举，南澳教育史上从未发生过。

如今再读黄校长的学习感言，我为老一辈教育人的使命与担当深深打动。这就是海岛上“最可爱的教育人”啊！

## 112.

袁勇兄寄来他的新作《汉字里的中国故事》《古诗里的中国情感》，翻读以后，颇觉有趣，很适合中高年级学生阅读。放在书架上后，这两本书马上被教室前排的两位男生借走了。近水楼台先得月，近书架者先得书。

这种氛围，喜闻乐见。最怕的是一架子书搁在那里，无人问津。那才是哀莫大于心死。

收到南澳县图书馆新阳老师发来的听课感想。在此之前，她跟小明老师真的逛到了我的教室，听了我的一节诗歌课。

……

周老师在黑板上写下一个大大的“夏”字，然后让同学们思考：夏天的味道是什么样子的？说起“夏天”，你会想到什么呢？

学生说：“夏天的味道是甜甜的。”周老师立刻意会：“这甜甜的味道必然是来自西瓜和冰激凌。”学生的想象力也让我惊喜，有的学生说夏天的味道是苦苦的，因为吃太多冰激凌会吃坏肚子要吃药，药就是苦苦的，思路清奇却不无道理。周老师还引导学生从南澳岛的地域特色出发去寻找夏天的味道，比如大海咸咸的味道、鱿鱼和鱼干的味道……就连讨人厌的蚊子，也可以成为灵感的一部分。周老师让同学们把这些词语都写在黑板上，很快，黑板上就写满了即将成为诗意的灵感。

看着孩子们纷纷开始创作，我也提起笔，准备尝试写人生中的第一首诗。

……

小明也不甘示弱，通过这节课，她想得很远也很多。

从事教育，做好教育，我认为是一件很伟大的事情。可能身为学生的时候，还不能理解。但现在工作了，才深有体会。特别是想到我们的下一代，作为父母，确实会觉得可以接受自己“仅此而已”，但我们的孩子应该“不止如此”。那从“仅此而已”到“不止如此”，中间少的是什么？遇到周老师后，我想我知道少了什么。有些东西，单靠努力是不够的。起码在努力之前，要知道发力点，怎么努力，怎么做，才能做好，做对。这中间，差的就是教育，怎么教育好，怎么教育才对。

……

小明不仅充满热情也富有智慧，正因为如此，我们才能聊到一起，才能合作一场又一场精彩的读书活动，以至于我支教结束再度登岛时，还把“周其星和他的朋友们”的阅读活动当作南澳图书馆品牌继续开展下去。这是后话。

其实，这两位老师都跟同学们一起现场作了诗，这可能也是她们人生中的第一首诗作吧。

夏天的孩子，
是跳跃的，
就像嘴里的跳跳糖。
夏天的校园，
是欢快的，

让我想起童年的我在校园里奔跑。
夏天是短暂的，
就像跳跳糖会化，
童年也会消失。
夏天是漫长的，
就像跳跳糖的味道我永远记得。
如果可以，我想跑回童年的夏天。

小明写的是一首回忆之诗，充满对童年的依恋，难道是懂事过早，成长太累？

夏天的夕阳，
是彩色的，
就像仙女在天上尽情作画。
夏天的孩子们，
是快乐的，
因为有吃不完的雪糕和西瓜。
夏天的大海，
是纯净的蓝，
阳光一照，
像闪光的蓝宝石。

新阳更单纯，写的是一首浪漫的童话之诗，她的眼里心中，不染尘埃。

南澳图书馆这两位优秀的新青年，着实让我看到了诗歌教育的希望，让我对南澳岛的未来，多了一份信心。

## 113.

周末出差，从成都回来，我选了靠窗的位置，是为了拍一些云天的视频，播放给同学们看。岛上的孩子，几乎很少出岛，更别提坐飞机了，我想让他们看看，头顶之上，云层之上，是一个怎样的世界。

云和云，是不一样的；生活与生活，也不尽相同。然而，“你心里有绿色，出门就是草”，周梦蝶的诗句，倒是提供了一些线索：只要心意坚决，生活定然是你想要的模样。

无意中看到《文学报》的一篇公众号推文，其中引用了《百合花摇曳》作者舒行的话：“无论我脚踩哪一块土地，都要认真去了解和喜欢那一个地方。此处和彼处的生命和时间都同样可贵。放开对某一地方和旅行的执念，或许才更自由。日常植物之美与日常生活之美，并不会等着你去偶遇，而是需要一双保持新鲜和敏感的眼睛，主动去无形的宝藏中采集。植物无疑能让人活得更好，是生活中甘美的存在。”

我想起孩子们赞美春天的树的诗句，想起实验校园里的莲雾树、炮仗花，以及青青的草坪、光脚丫……

## 114.

读书不觉时光长，转眼已是晚上。我决定去海边走走，踩踩沙滩，踏踏海浪，看游客们嬉戏玩闹，像孩子一样。

兴尽而归，在冲洗脚上的细沙时，恰好遇见了同事，他带着一个小男孩刚玩沙子结束，也在冲脚。同事很热情，要小男孩主动向我打招呼，叫他喊我“爷爷”。我愣了片刻，一时没反应过来。

小男孩五岁，颇是活泼可爱，一路上跟我聊天，问我住在哪儿，住在几楼，直到分别时，还不停地向我挥手再见，亮闪闪的眼睛一直看着我，小男孩都快走到停车库了，被他爷爷一把拉了回来，这才从一旁的侧门进入小区。

我很庆幸，自己是一个不让孩子讨厌的老师。

## 115.

给大家发单元练习卷，这次全班都考得很好，我很欣慰。那几个进步大的同学，在隆重表扬他们时，我最爱看他们的神情：紫恬害羞地捂起脸；钟锐就是乐呵呵地笑；金娜最是淡定，看不出多少喜悦，但内心应该有波澜……

每个孩子，都渴望通过努力获得成功，哪怕只是一点点进步，也期望被看见。

我很骄傲，自己是一个善于激发孩子的老师。

## 116.

应邀去了一趟梅州，在作新小学给全校同学讲《写诗要有惊奇之心》。课堂上，我引用了这首小诗：“花店不开了 / 花继续开。”我们聊这首诗的奇妙之处，两个“开”有什么不一样，学生对诗意始有感觉，再让他们接着写，有位叫罗淮文的同学现场写道：

我们走散了，我继续走；
白云太肥了，飞不起来；
浴缸太小了，我进不去；
冰激凌太苦，卖不出去了……

诗情催生诗情，语言吸引语言。经常赴外地讲诗歌，孩子们那快乐的脸、漂亮的诗，让我对此深信不疑。

## 117.

成都实验小学的芸霜老师最近在读我的《彩色的阅读教室》一书，读得很仔细。我再看她圈画的文字，发现过去的自己写作时太注重文辞的修饰，注重诗意和抒情，追求文学形式的创新表达。

我当然不去计较如此生涩或生猛的表达，毕竟那是过去的我真实的样子。

对此，我跟芸霜老师有过讨论，她有个观点给了我启发："文字就是为生命存档，每个阶段有每个阶段的解读与表达。"

对于写作者来说，阅读者的宽容和肯定是一桩幸福的事。

如今的我，应是克制了一些，喜欢简洁朴素的东西。文字的翅膀多一根羽毛，都会影响飞翔。

收到几位学生的诗作。锘桐的《云上的世界》，正是看过我坐飞机录制的视频后有感而发——

云上
有一座大大的飞机
飞机上有一个小小的我
云下
高高的楼房
就像一张张地图
一个个笔盒
一根根冰棒

桦珊的诗，书写《夏天的快乐》。这么快就到夏天了吗？

夏天的快乐
是坐在椅子上写诗

夏天的快乐
是吹肥皂泡泡
夏天的快乐
是细细品尝着茶叶
夏天的快乐
是小雨滴
演奏它的手风琴

果然是潮汕的孩子，能把饮茶写进诗。

去梅州，当然要看黄遵宪故居，逛客家博物馆。

在黄遵宪故居里，看到一副楹联，尽显文人气象：有三分水四分竹添七分明月，从五步楼十步阁望百步长江。

在客家博物馆，陈列着这副对联：祖宗亿万年人家无非积德，天下第一等事业莫非读书。

客家文化相较于潮汕文化而言，更重读书。我查了一下资料，客家人有“东方犹太人”之美誉，在客家社会，崇尚文化，重视教育，以兴学为乐，以读书为本，以文章为贵，以知识为荣。《嘉应州志》记载：“士喜读书，多舌耕，虽穷困至老，不肯辍业”；客家童谣唱道：“蟾蜍婆，咯告咯，唔读书，无老婆”“月光光，秀才娘，骑白马，过莲塘”；客家农村乡谚有云：“有子不读书，不如养条猪”“不读诗书，有目无珠”……无不说明读书在客家人心目中的重要位置。

究其原因，潮汕地区大多临海，海上贸易便捷，商品意识发达；客家人被迫聚居在交通不便的偏僻山区，山多地少、人口众多，为改变命运，只好把“耕读传家”作为博取功名、向外发展的主要出路。潮汕地区宗族意识强烈，主要体现在抱团经商上；而客家人会利用宗祠的场所和资产，开展办学、奖学和助学的活动，以期本族人才辈出。

在梅州市的客家公园里，进门右侧，可见一栋西式建筑——大学校长馆。梅州自古崇文重教，有“十室之邑，必有一校”之说，据不完全统计，至 2019 年，梅州孕育了近 340 名大学校长。只此一例，可窥全貌。

于行进参观中，偶遇一句话：“退一步想”，让我沉思良久。与之相应的，或许是“进一步看”，这就有点“让子弹飞一会儿”的意思了。

身边人与事，可作如是观。

## 118.

今早晨会，是锘桐和紫颖登台朗读自己的诗歌。

这天风很大，吹得头发凌乱，纸张飞舞。但声音没被吹走，就在诗里。

相较于活泼的锘桐，紫颖更显文静，下课后，别人都在追闹，总看到她安静地待在自己的座位上看书。你别以为她只会用大大的眼睛说话，她写的诗，虽然短小，但可爱着呢：

风

风是一名歌手，
它呼呼地吹着，
你总听到了什么吧。

写诗的孩子，也是一名歌手，他们写啊写，念啊念，你总听到了什么吧。

我请深圳的同事发来一些舒缓的音乐，一番挑选后，将《G弦上的咏叹调》作为入室读书和静心练字的背景音乐，全班同学沉浸其中，教室里安静得感人，与其他教室的喧闹形成鲜明的对比。大家都很享受这种对比。

上课时，我用它作为课文朗读的背景音乐，效果奇佳：播放《My Memory（我的回忆）》，大家先听，再读；读一会，停片刻，听音乐，稳住节奏，接着读；读完一段后再停片刻，继续听，继续读……可能是之前没玩过配乐读课文，这次尝试，大家兴致勃勃，意犹未尽。

课堂没有新鲜感，就会沉闷乏味，像在回南天，浑身不自在。而诗歌，而音乐，像山林间的风，会放松每一个毛孔。

119.

在东校区，上午有一节小学语文全县公开课，是三年级的黄老师上《肥皂泡》这一课。具体内容在此不展开叙述，我只关注一个基本问题：是从知识本位去设计，还是从儿童心理层面去构思，最能体现一位教师的儿童观？

遗憾的是，我看到太多教师选择前者，在他们眼里，传授知识比呵护心灵和激发想象更重要。

我们很容易忽略一点：这些知识是教给谁的？有效教学取决于多种因素的相互作用，其中首要的就是学习者的先前知识、经验、动机、兴趣、语言、认知技能。教学设计之初，如果不能以此作为教学背景，最终只能成为施教者的一厢情愿。

这时，我们只能看到兵荒马乱的课堂。

下午评析作文，恩萱和熙航主动上台朗读他们的习作。点评时，我们一起梳理本次作文的四个秘密：一、外形要跟特点有关；二、写清楚一件事就行；三、选材要新颖有趣；四、写完要朗读作文。

子琪写诗令人惊叹，她今天一口气写了三首，都特别棒。

海鲜

妈妈带我去吃海鲜，
吃了一只大龙虾，
一盘贝壳，一盘龙螺，
一份皮皮虾和青口，
还有螃蟹和鱼，
我觉得我吃下了一整片大海。

这样的诗作，也只有生活在海边、岛上的孩子才能写出来吧。瞧，多豪放："我觉得我吃下了一整片大海"！

童年

我坐在广场的大台上，
一眼望去下面全是童年，
有的追逐，有的放风筝，
有的骑车，有的手上拿着气球，
台下全都是欢笑声，
这应该就是快乐的童年了。

也就是在远离都市的海岛，才能看到这么多"快乐的童年"，换作在深圳，孩子都不见了——他们都在忙着上各种“班”呢。

气球

我想在气球上写一封信，
我想写外公你还好吗？
这个气球会穿过白云，
穿过蓝蓝的天空，
再到外公手中。

诗里有生活，诗里有痛也有爱。外公刚去世不久，子琪把对外公的思念化作诗行，句句诗行也是滴滴泪行吧。

安徽少年儿童出版社的编辑读过后问我：“这个子琪小朋友是不是很可爱又很文静呀？总感觉她的诗在传递灵气和想象力的时候有一份淡定，看起来不动声色，但很有力量。”最后她感叹道，“咱们班孩子遇到你是幸运的，也是幸福的。”

你看这位编辑，来过一趟南澳以后，感情都不一样了，说起 311 班，都是“咱们班”了。

311 班的孩子们啊，有这么多有心、有爱之人关注着、关心着，你们是幸福的吧。

## 120.

我麻利地把车洗干净，充足电，然后出岛，去汕头火车站接人。

深圳实验学校小学部的吴立新校长亲自带队，语文、数学、科学三科送课、送教到南澳后宅，情意深重，意义非凡。

一众老友，异地相逢，出站口相见，拥抱再拥抱。

对于此次活动，南澳县教育局高度重视，原本是两地两校的教研活动，在县教师发展中心的指导下，升级为全县教研活动。

景武、晓敏老师的科学和数学活动课，需要准备大量的器材教具，他们的行李最多、最重。頔頔晚上把第二天作文课的写作纸发给我，我转给黄校长，请他提前安排人打印。黄校长收到后回复说，他会亲自完成。

这是一个普通的夜晚，却又因老同事们的到来显得不同，看着身边谈笑风生的小伙伴们，那么远，这么近，不由感慨：不到一年的时光，不知不觉间，我好像改变了一些东西。

事在人为，非不为也，人若不对，所为皆非。

## 121.

这次送教南澳活动非常成功。

写作教学是语文教学的难点，頔頔的课，带给大家最直接的启发和帮助，老师们都爱听；景武的科学课，准备极为充分，把现场摄像老师都迷住了，说想要改行教科学；坂田部晓敏老师执教的数学活动课，生动活泼，将大的概念化为生动的课堂实践，融体验性、综合性、生活性、趣味性于一体，一改数学枯燥、乏味、沉闷的印象，让同学们爱上了数学。

座谈中，我也说到了支教的初心，分享了不到一年所作的努力，以及班级学生肉眼可见的改变。

轮到家长代表发言时，他们一开口就不打算客套，直接找我要周三晚上图书馆讲座的名额，说活动太火爆，放出来的六十个名额不到十几秒就被抢光了，他们就属于“手慢无”的，希望能有机会去图书馆旁听，哪怕搬个小板凳在一边也好。一番谈话引来会议室里笑声一片。

来南澳支教，不是养老，也不是镀金，对我来说，是使命，是挑战，是生命的更加完整。但毕竟是支教，时间无法长久，期限一到，继续留下来不现实，目前我所能想到的负责任的做法，就是通过推进两地两校联盟协作的方式，确保双方的学术交流可以持续进行。

一座教育的友谊长桥至此建成，深汕教育协作从此写下新的诗行。

## 122.

接待其实不容易，举办一次活动也很辛苦。

毕竟不年轻了，中午大睡了一场，醒来后，发现下雨了。我在纠结：之前约定好的母亲节读诗、写诗活动，要不要继续？

想想自己在岛上的时间不多了，而孩子们格外热情，很多非311班的家长和学生都到了预定地点，我还有什么可犹豫的？

我冒雨来到海丝文化广场，那边有座风雨亭，正是我们约定的地点。

亭子里坐满了人，311和312两个班，大大小小，来了二十多个。

身边有山有海，亭外飘风飘雨，我们读诗、写诗，妈妈们则撑起了伞，为孩子们挡住风雨。

312 班的琳琳同学，朗读了她的现场诗作：

妈妈，假如我是你

妈妈，假如我是你，
我要像你一样，
在早上给你煮早餐：
鸡蛋，白粥……

妈妈，假如我是你，
我要像你一样，
在下雨时，
撑着雨伞送你上学：
“走这里，别淋到你！”

妈妈，假如我是你，
我要像你一样，
在你不会写作业的时候，
给你一道一道地讲。

妈妈，假如我是你，
我要像你一样，

在你睡着的时候，
给你掖被子。

妈妈，
我在您的肚子里——
九个月。
我在你的怀抱里——
两三年。
我在你的眼睛里——
一辈子。

琳琳读完，琳琳妈妈的眼睛红了，我们也使劲鼓掌。

快乐的事，浪漫地做，最终都能成为美妙的回忆。

多年以后，在风雨亭中参加活动的孩子们，还会记得这场风雨中的诗会吗？

## 123.

这是我第二次来青澳学校给同学们讲诗歌了。

这里几乎是这片陆地上最东方的小学，正好在北回归线上。校园里的香樟树托举着蓝天白云，见证了此处的变迁。

戴着口罩进来时，孩子们都认出我来了，热情地和我打着招呼。有个小男生，在上一节心理课上说自己产生消极情绪是因为不敢举手，之后在小杨老师的引导下，他可以直面自己的负面情绪了。接下来，在我的诗歌课上，他成为全班第一个举手参与的同学。

翁丽玥，我当然记得这位小姑娘，去年的诗歌课上，她写了一首《弟弟》，打动了我们。

半年不见，丽玥又长大了，这次，她写了一首《夏天的海湾》：

夏天的海湾，
是破碎的，
就像洒在天空的点点星辰；
夏天的海风，
在呼啸，
月钩似的沙滩上响起人们的欢笑；
海鸥围绕着大海盘旋，
像人们的一次旅程，
回味总是甜，
耳边仍回荡着海鸥的鸣叫。

也只有生活在海岛东头的孩子，才能往诗里装下这么多大海的元素吧。

另一位翁思怡同学，写的是《夏天的快乐》，是真快乐，单属于海岛孩子的快乐，六年级快毕业的孩子的快乐：

夏天的快乐，
是坐在礁石上，
轻轻地用脚拍打海水，
摸着小螃蟹。
看着那美丽的日落，
笑着笑着只剩下回忆。

这样的快乐，真让长期生活在城市的人眼热啊。

诗歌迈着轻盈的脚步，唱着悠长的歌，就像童锶煌同学在诗里写的：“夏天的日落，带着少年的青春离开了。”我不知道，下次再来青澳讲课会是什么时候，但这些快毕业的孩子肯定是听不到了。我们的缘分，就在两节诗歌课里，纵然不舍，终须告别。

如果说，教育是一场漫长的恋爱，我可能太投入、太深情了。

## 124.

西校区学生篮球赛，在加时罚球后，恩萱投中三球，拿了年级第一。

全校跳绳选拔，311 班入围了三名选手，年级最多。同事们笑着说："周老师来了以后，311 班不仅会读书，而且体育等各项也都好起来了。"

所有向好的改变，都源于现实的努力和对未来的信心。希望，是最宝贵的东西。

我们的教育，要让每个孩子看到自己的努力值得，充满希望。

这些天一直跟随拍摄的一斌兄要回青岛，说再拍一个采访就结束素材积累。一大早，一斌兄在校园里的榕树下架起机器，摆好座椅，调整好角度，准备采访我。大家都没见过这阵仗，自然引来不少同学的围观。还好，岛上的孩子都很淳朴，只是好奇地在一旁看着，不会打扰我们的谈话。

我们在校园的榕树下，在清晨的时光里，都说了些什么？

无非是我观察到的岛上的教育跟城市里有什么不同，我在岛上都做了些什么，开始发生哪些变化。

这不正是我每天记录的吗？

不教一日虚度，进一寸有一寸的欢喜。

## 125.

吴晓霞老师的先生在南澳图书馆之夜见到我，说道："终于见到朋友圈里都在讨论的周老师了。"

一不小心成了岛上教育人的聊天话题，我支教以来所做的这一切，正被更多人注意到。就像当晚的图书馆之夜，这也是岛上第一次亲子阅读活动，连幼儿园园长都来了。

一个小时的活动结束，大家意犹未尽，都在约下一场。

下一场是什么时候？

“六一晚上。”有孩子热切地替我回答。

我不反对。在离岛之前，为岛上的教育多做点事，此中心愿也。

白天遇到一些烦心事，我甚至想要举起愤怒之剑，后来轻轻放下。

每次意难平时，我总会去海边走走，在海浪的反复冲刷下，我会把那些恼人的烦忧统统抛下，或许，海水就是这样变得苦咸，也因此成就了辽阔吧。

回到宿舍，我写下这样的诗句：

愤怒时你要去走海滨路
风再愤怒，也吹不走海水
浪再愤怒，也拍不碎礁石
礁石再愤怒，也刺不穿大海

烦忧时你要去爬黄花山
那么多人把心事留在山上

化作一块块石头
累积堆压重重叠叠
隐身苍翠

这是在海岛上的化解之法，如果回到深圳呢？如若再有愤怒，我用什么入诗？

# 站在诗歌的尾巴上

## 126.

“尾巴”它有一首诗。“尾巴”它又有一首诗。

这几天在读向以鲜老师的诗集《生命四重奏》，诗集尾章，是一组关于“尾巴”的诗歌，轻盈生趣，三五行即成一首灵动的小诗，一共三十五首，连缀成一条长长的尾巴。看过后，我突生灵感：何不围绕“尾巴”来写诗？激动之下，来不及多想，就带着同学们写起“尾巴之诗”来。

很多人以为诗歌高不可攀，神秘莫测，甚至读都读不懂，何谈写诗？更别提指导学生写诗了。再者，考试也不考，何须浪费时间？

这里有一个认知误区。

根据我的实践经验，只要你喜欢诗歌，跟学生一起多读好诗，找机会跟他们聊诗，你甚至都不用怎么指点，他们就能写出诗来。没有别的诀窍，最大的秘密，就是在遣词造句方面，孩子确实比我们更加勇敢。

紫颖一口气写了三首《尾巴》——

其一

我们人类有尾巴吗？
如果有，
妈妈为什么不给我？

其二

世界上有很多尾巴
有的长有的短
有的粗有的细
我的尾巴是一把剪刀

其三

为什么动物会长尾巴呢？
哦，是因为动物背着我们偷偷进化了。

紫颖内心安静平和，写出来的诗句童心烂漫。

锦斌的《尾巴》充满抒情的回忆味道——

窗外的雨点拍打着草地
我躺在床上
听着雨点的滴答
欣赏着蝉的歌声
闭上眼睛
以前外婆慈祥的脸庞
和一件件往事
一幕幕浮现在我的面前
儿时我也曾是外婆的尾巴
可现在
外婆成了我记忆的尾巴

锦斌明显早熟，平时会主持学校的各种节目，年龄虽小却成熟老到，这也跟平常和爷爷奶奶生活在一起有关吧。

恩萱的《尾巴》，虚虚实实，难以名状——

我睡了
变成了一只海鸟
在海边
飞越一座海桥
风吹过我的眼睛
让我流出了眼泪

清晨
我醒了
但我还留着尾巴？

一读就知是海岛上的小诗人的作品，末句以疑问作结，我们读完也会躬身自问。

栎霖的《尾巴》，字字句句，都写在了我的心坎上。

早上时分
朦朦胧胧的大雾
飘在山上
微风吹来了一阵凉爽
是五月的尾巴

是燕子南飞的快乐
是春笋探头的时节
是插秧农民的希望
是我未解的迷茫
还有我期盼的夏天
是五月的尾巴

栎霖曾经跟同桌女生闹过矛盾，被妈妈批评了，他的妈妈说，再不改正就转学到汕头读书去。栎霖哭着不肯，一问是舍不得，再问是吃不够岛上的美食，比如车大炮、炒冰……难怪会在诗里写道："还有我期盼的夏天……"

铄涵这次甩出了一条很漂亮的《尾巴》：

一条风景的尾巴，
甩到了美丽的青澳湾，
甩到了北回归线广场，
甩到早晨日出，
甩到傍晚日落，
最后，
抓住迷人的沙滩。

多优美的弧线啊，随着诗人游海岛，最快乐的当然是各种细腻轻柔的沙滩。南澳的沙滩尤多，吸引了各地的游客。

锘桐写的诗最多，她的“尾巴”也最多。

1

一条尾巴

有各种情绪

开心时摇尾巴

悲伤时垂尾巴

而我是最出色的尾巴

2

我爬上书的尾巴

不用外出

就可以见到

不一样的世界

3

燕子的尾巴

无论展开

还是合拢

都很美

却像宝剑般

刺痛着我的心

4

暴雨过后

屋顶还在滴着雨滴

难道这是雨的尾巴？

5

黑暗的尾巴

握在光明的手里

大自然的尾巴

握在人类的手里

我的尾巴握在谁的手里？

多愁善感、心思细腻的锘桐，心有千千结呀。

锦斌看到大家的“尾巴”如此多姿多彩，连续几天，回家都在编织新的“尾巴”，这两条，都很漂亮。

其一

落日下

夕阳将母亲的脊梁拖得老长

母亲成了夕阳的尾巴
我跟在母亲后头
成了母亲的小尾巴
身后蹦蹦跳跳的弟弟是我的尾巴
夏天晚上，夜深人静时
我看见透过窗户
射进来的光
月亮照着我
让我想起了母亲的脸庞
将思念串成一条长长的尾巴

锦斌平时是跟爷爷奶奶一起生活的，爸爸妈妈因为工作，长期带着弟弟在岛外的汕头生活，难得见一次、聚一回，这孩子很懂事，也很能干，但从诗里，你能读出他的思念。

其二

我睡着了
变成了一只天马
在草原上肆意奔跑
与鸟儿比赛飞翔
去宽阔的蓝天

用身上的翅膀扫过每一朵云彩
踏过每一寸草地
蹚过每一条河流与溪水

清晨
太阳透过窗纱叫醒了熟睡的我
我低头一看
尾巴已变成风
从我眼前飞走了

这首诗就有点奇幻色彩了，少年感十足。

其实，我们都有尾巴，而且没有退化：在说完话的余音绕梁时，在教室里的书架上，在同学们的诗作中，在我支教结束的海岛上……

如何让尾巴更有趣、更漂亮？

大胆去想，义无反顾地去做。

## 127.

朋友寄来太平猴魁，还有糖果，说是六一节的礼物，糖果分给岛上的孩子们，茶叶是送给我喝的。

家乡的绿茶，我当然喜欢，还发动办公室同事们都来品尝，可惜他们都不用玻璃杯，喝不出绿茶的意境。不然，让一群习惯喝单枞的人改为喝绿茶，也是相当有趣的事。

放学后，一个人骑着小电驴去了一趟长山尾看灯塔，一路上看到很多年轻人过来打卡，我也像其中一员，正作少年游。

## 128.

我组织了一场《尾巴之歌》诗会，全班同学按组轮流上场，朗读自己的“尾巴之诗”。诗歌是一面镜子，无论尾巴长短、美丑，写下来都可照见孩子的内心，以及他对生活的思考。大家都很乐意分享，这份热情，是对诗歌也是对生活的热爱，我特别珍惜。

我把这节诗教课的设计发给了妙珊，请她继续打磨和完善，准备在暑假期间“百班千人”于北京语言大学举行的读写大会上，来一次现代诗歌教学的“四手联弹”，我们两个人一起执教这节课，一定会很有意思。

今天教同学们一些基本仪态：如何抬头挺胸，肩膀后收，腹部收紧。之前看他们走路时喜欢用脚拖着地走，弯腰弓背，实在不雅，得调整。

教书育人，管得要宽。如何借书还书，得管；怎样起立坐行，要管……教育发生于时时处处。

最近南澳的海面上，一到夜晚，就停满了渔船，而且灯火通明。一问，原来是在用光诱引小鱿鱼。

这也是当地一道奇特的景观。

## 129.

复习完第七单元，我们就开始写诗，大家读了汉斯·雅尼什的《有那么一天》，思路大开，灵感不断。

当孩子开始放飞想象，就没大人什么事了。

大家写好后，排着队来找我，问我的修改意见，也想听我的夸奖。总会发现不错的想法演变成很棒的诗句，这时我会发给他们一张定制的诗歌写作纸，重新誊写，妥善留存。

锘桐的诗句，充满快乐，也充满想象力：

有那么一天
陆地和大海会交换地点
有那么一天
我们将拥有无数个胃
……

思慧的笔下，有着童话的热情与希望：

有那么一天，世界每个角落都充满希望
有那么一天，每个人都可以跟风玩耍
有那么一天，我们能与小鱼拍手嬉戏

有那么一天，我们与小草舞蹈

……

当然，也流露出对我的挽留和不舍：

有那么一天，周老师能一直陪着我们

有那么一天，周老师能教我更多本领

锦斌的诗，一如既往的浪漫，却又充满着不属于这个年龄的成熟和力量：

有那么一天，会有一朵花落到你的身上

这是属于你的祝福

有那么一天，人人都有一支笛子

吹出自己的故事

有那么一天，你伤心哭泣

那就请你去海边听听浪花的声音

它会给你释怀和答案

有那么一天，所有的人都会用一只匕首

将悲、欲、伤都斩掉

写诗的孩子心思稍重，幸而可以借用文字的力量，略作宣泄，略有满足。

有那么一天
我可以从海底走到学校
有那么一天
我写了一百首诗

以上是泽垲的想法，也是大家的心愿吧。

就像彦惠所写的：

有那么一天
梦都可以成真
有那么一天
老师可以很温柔

小凯也写了一首很棒的诗：

有那么一天，南瓜变成了人
有那么一天，树木会飞
有那么一天，红色变成了黑色
有那么一天，花儿会吃人
有那么一天，笔在和我玩

有那么一天，红包有多多的钱
有那么一天，人们长出了尾巴

我夸小凯“诗写得好”，同时又很奇怪：“你写起诗来，怎么不觉得写字吃力呢？”要知道，平时写作文，做阅读题，乃至组词造句，他几乎总是错，很多字压根就不会写……

小凯笑眯眯地解释：“这些字，都是我会写的。”

我瞬间明白了：小凯是选择用自己记得住、写得出来的有限的字来写诗啊。能写出诗来的小凯，之前的失落和无力，总算可以缓解了吧。

我还喜欢子琪的诗——

有那么一天，
每个人的头上都长着一个太阳。

也喜欢恩萱诗中的——

有那么一天，人类会变成小鸟。

还喜欢宇骏的——

有那么一天，人人都可以跟影子聊天。

诗歌能最大限度地保护孩子的想象力与好奇心！

还有一个叫代翼博的四年级的同学的诗，这是他受到表弟，也就是我们班同学的触动，信笔写下的诗行——

如果有那么一天，
我希望兜里的糖永远吃不完。
如果有那么一天，
我希望天上下的雨变成汽水。
如果有那么一天，
我希望每只流浪动物都会有自己的家。
如果有那么一天，
我希望得到治疗癌症的方法。
……

善良的孩子，写出来的诗也是慈悲的。

从收集起来的诸多诗作来看，这次显然是大丰收。有个耐人寻味的现象：写诗不再是优等生的独唱，相反，即便是学业成绩不理想的孩子，一样可以写出充满真情与真心的上好作品。

众多佳作中，这几位同学的诗作让我印象尤深，而我也从他们的诗句里发现了一些秘密。

小树缺爱，尤其是妈妈的爱，他就在诗里反复强调他和妈妈在一起：

有那么一天，
我想和妈妈度过
到她老为止。
有那么一天，
我想和一个未来的我
保护我的妈妈。

听说小茹的妈妈早逝，在诗里，她在想念妈妈，令人心疼：

有那么一天，我想妈妈快点回来；
有那么一天，我想去天上找妈妈。

小漫也有心事，看得出，她只能和妈妈相依为命：

有那么一天
整个世界只剩下我和妈妈
有那么一天
所有人都低着头

后来才得知，在她很小时，爸爸不幸因车祸离世；“整个世界只剩下我和妈妈”“所有人都低着头”……

不是所有的孩子都很幸运，一直有爸爸妈妈的守护与陪伴。

岛上的孩子，也遭遇着不同的离合悲欢。子茵写道：

有那么一天，爸爸能经常从广昌回来陪我
有那么一天，世界上的流浪猫能得到帮助
有那么一天，孤儿可以被领养
有那么一天，人人都在写诗
……

孩子提笔写诗，就是在告诉我们他们的心事——隐约的期许，迫切的希望，可能的担忧，潜在的焦虑……就像我跟小树妈妈说的，全班有那么多孩子，每个孩子都不一样，都会遭遇不同的处境，也有不同的诉求，就算老师再有神通，可精力有限，无法做到万无一失，但让他们写诗，诗中都是他们的心声，让我可以顺利了解他们、理解他们。我会一直宽容他们，接纳他们，鼓励他们，帮助他们。

别让教育缺爱，别让童年缺少陪伴。

像紫颖一样快活地畅想起来吧：

有那么一天，所有的东西都免费。
有那么一天，世界上没有脏话。
有那么一天，酒和烟从此消失。

有那么一天，人人都可以幸福地活着。
有那么一天，喝奶茶不用钱。
有那么一天，我变成了一个小胖子。

生活跟写诗一样，本该如此简单，如此快乐，如此自由。

和搭档海燕老师聊到班级管理，我建议她在班上多设置一些服务岗位，全班人人都可申请做管理员，努力做到“事事有人做，人人有事做”。

大家都是班级小主人，都是一班之长。

要相信孩子，就要给他们舞台，写诗如此，其他亦然。

## 130.

客家文化里，有个很有意思的现象。那次去梅州客家文化博物馆参观，还没进大门，迎面就看到一口井，醒目地写着四个大字：“饮水思源”。正所谓“落其实者思其树，饮其流者怀其源”，这是客家文化里最朴素的价值观——“不忘本”。

当初看时，我没想太多，以为这是常规操作，只是一种文化方式的着意表达。但对比身边一些人与事后，我有了更深的理解。回想自己选择出来支教，并非众人理解的追求晋职晋升。我本是从安徽一个乡镇中心小学走出来的教师，深知乡村教育振兴的艰难，也了解乡村教师生活的无奈与成长之局限，这些年来，曾借助六和公益的力量，以推进乡村阅读的方式回馈家乡，为全县每所小学配备了优质童书及书架，培养了一大批阅读种子教师。这次有机会支教一年，我也想看看自己经过这么多年的成长，能否以一己之力，推动一地教育之变革，这是一位教育理想主义者的野望，也是一个农家子弟的感恩回报。

无论走到哪里，不能忘本，饮水思源，方得福报。

## 131.

算得上临时起意，也可以说“蓄谋”已久，在韩山师范学院的公益讲课顺利结束后，红色文化传承工委会的几位老师驾车从潮州出发，到岛上来看我的支教生活，首先来到我的教室。

璐璐老师是一位写作爱好者，出过诗集，参与《讲给孩子的百年梦想》系列图书之“身边人”的写作，我请她给 311 班的同学讲她的人生故事，讲自己的阅读和写作经历，现场互动热烈。

课上，有孩子将这次经历写成了诗。

子琪写道：

我想把诗刻在每一个地方  
我想把诗刻在天上，  
璐璐老师抬起头就能看到。  
我想把诗刻在树上，

昆虫也能看到。
我想把诗刻在地上，
飞机路过也能看到。
我想把诗刻在脑子里，
这样就不会忘了。

烨铭也写了一首给璐璐老师的诗——

今天有一位老师来我们学校
她给我们讲了她的爱好
分享了很多我们不知道的事，
我要谢谢璐璐老师，
我还要夸她一句
璐璐老师你真美。

锦斌写了一首《相逢》，纪念这次难得又难忘的相逢——

某日
吾遇名师
师名璐
何其美
智其高

与师共谈
甚好
相遇即缘
今日一见
终生难忘
不知何日
能再见

下课后，小诗人们拿着诗作去找璐璐老师，排着队讨论修改，这也是我们班独特的风景了。

课后，同行的王颖实老师跟同学们在教室里畅聊科学。谈到免疫力，王老师说“快乐就是最好的免疫力”，有孩子马上说：“某某最快乐，因为他是厕所管理员！”王老师大笑，她很喜欢海岛孩子的这点与众不同——海水一般清澈，海浪一般热情。

明老师在办公室一边跟我的同事们聊天，一边欣赏我们班小诗人的诗作。她发现，孩子们的诗句中，隐藏着家庭和生活状况的秘密。这就是我们让孩子写诗的意义，可以更便捷地解码童年秘密，更顺利地实施个性化教育……

翻开我收存的一张张诗歌写作纸，你看啊，海岛的孩子在诗中歌唱。

## 132.

今天读星星新诗社推送的诗歌，是吴晟的《我不和你谈论》：

我不和你谈论人生
不和你谈论那些深奥玄妙的思潮
请离开书房
我带你去广袤的田野走走
去触摸清凉的河水
如何沉默地灌溉田地

我不和你谈论社会
不和你谈论那些痛彻心扉的争夺
请离开书房
我带你去广袤的田野走走
去探望一群一群的农人
如何沉默地挥汗耕作
……

我感慨地写道："和宜谈论之人轻声谈论，于当沉默之时寂然沉默。世间人事，可爱无多，遇之足以惜，错过莫回头。你以为然否？"其实这首诗里除了"少谈些主义"，更希望"多一些实干”，我选择离深一年来南澳支教也是此意。

下午，学校的安排是六一节游园活动。

昨日同学们就很关心：“老师，六一节有什么礼物？”

礼物？这不是问题，要知道，班主任早就给他们准备了糖果，而我呢，也有朋友专门寄了糖果来，让我发给南澳的孩子们。

儿童的节日，一众大人足够慷慨而盛情。

我想，总有一天，他们会明白：彼此相遇，就是生命的礼物；相互照耀，就是人世的福音。

## 133.

晚上跟东莞东华小学的张主任聊天，谈到我的海岛支教生活，她问及在海岛教学生写诗的意义，我想到了这几句话，或许，可以回答一二：

“会写诗的孩子不说脏话。”

“会写诗的孩子更懂生活。”

提及在礁石上写诗，我说这个活动可能做不了，主要是我支教的时间所剩无多。言谈中，我看得出张主任的惋惜，她也看得出我的遗憾。遇事不强求，种善因必结善果，都说车到山前必有路，咱们只管好好开车就是了，还有“柳暗花明又一村”呢。

## 134.

在东华小学，我给萤火虫诗社二三年级的同学上诗歌课。

课堂氛围太好，现场生发的好作品太多。这一切得益于杨滟老师带领的萤火虫诗社多年来开展儿童阅读与写作的努力。

互动环节，从纷纷举起的小手里，我随机选了几个孩子发言。其中，有一个同学问我写诗最难的是什么。

我向他们传授了自认为最高明其实也是最朴素的妙法——多读好诗，并向他们推荐了“星星新诗社”公众号每天早晨六点五十发送的“一起读诗”。

下课了，大家都不愿让我走，说要留我在这里多住一天，继续带他们写诗。

还有的孩子说：“不是一天，是每一天。”

有个小男生把一张小纸的正反面都写满了，他干脆就在手背上接着写：“有那么一天，和星星老师一起写诗……”

离别时，这个小男生要我给他签名，我把我的名字写在了他的手心里。

## 135.

在书中看到一句话：“物物而不物于物，念念而不念于念。”

一时有感，发在朋友圈后，有人留言说：“若你不怕失去，就不会被控制。你所有的压力，都是因为你太想要了。你所有的痛苦，都是因为你太较真了。有些事不能尽你意，就是在提醒你该转弯了。”

也有人说：“见过花开，何必在意花落谁家，人生是一趟列车，终点都是一样，感谢能陪伴我一程的人。”

我所看到的这一切，是不是都在告诫我，不要执着于过往，不要担忧于未来，过好当下的日子，珍惜正在海岛的每一天？

## 136.

我应韩山师范学院周录祥院长邀请，赴潮州市城南学校给初一的学生讲一节诗歌课。我驱车前往潮州宾馆，见到李庆明、赵志祥两位恩师，久别重逢，自是一番畅聊，到凌晨一点方散。

## 137.

起早备课。

研究威廉・卡洛斯・威廉姆斯，诗中的视觉艺术。

希腊抒情诗人西摩尼得斯说：“诗是有声的画，画是无声的诗。”

威廉说，他“努力使诗和画融为一体成为相同的东西”。威廉的目标是：写出一首诗 / 你能读得懂 /……但要费些劲儿，“因为在更光鲜的事物中 / 少有圣洁可以找到”。

下午给七年级的学生讲了这堂诗歌课——惊奇之诗。一开始，课堂很闷，从一问一答甚至不答中，我了解到这帮已升入初中的少年几乎没有或很少有读书的经历，没读过现代诗，也没有写过诗。幸好我有充足的耐心，我相信少年自有少年的诗意与浪漫，我也相信我所选用的这些好的诗歌会一点点唤醒他们，我介绍的“四步写诗法”会激活他们。果然，及至课之尾声，同学们佳句不断。

丁沁扬同学写道：

毛笔
在我的心中
写下浓重的一笔
从此
你闯入了我的世界

读完最后一句，引来大家一阵喧笑，少年的心事，我们都懂的。

黄锦博同学写道：

那耀眼的
月亮
又照亮了
那个有你的

夏天

继续引来全班的侧目和一阵嬉笑。

你看，诗离生活如此之近，青春年少正好作诗，朦胧情感正好入诗。

林淳敦同学写道：

北斗星因为叛逆
在黑夜中
奋力闪耀出光芒
于是整个夜空
难能见到它的身影

很难说，这首诗里，没有诗人自我的投影。

接下来，是李庆明老师对我的课作点评。庆明师的即兴发言极为精彩，他从哲学的高度进行阐释，引出海德格尔“诗意地栖居在大地上”的观点，但令人忧伤的是，诗歌正离我们越来越远。然而，孩子是天生的诗人，庆明师认为我把孩子内心深处沉睡的诗性激活了，孩子们展示自己的诗作时，台下不断涌现的热烈的掌声，正好说明了这一点。在不同的年龄阶段，孩子的天性里重演着人类精神的不同阶段，小学阶段的儿童属于拟人化思维，到了初中，就把自己锁在抽屉里面，而我所设计的“四步写诗法”，真正抓住了少年的诗性思维，成功地用少年的思维方式表达出自己内心的隐秘。庆明师希望，这样的探索，可以延续下去。

晚饭后，我和师父步行去牌坊街，一路上，他将这节课一点点掰碎了讲给我听：如何处理课堂材料，如何引导学生表达，如何激发课堂诗意……师父的点拨，让我对课堂细节如何处理更清晰自如。我知道，这里隐藏着教学艺术与教师魅力的全部秘密。

这个夏天，我决定要爱它更多一些。

## 138.

为兑现与黄校长的约定——自上次在我们小学部听过师父的讲座之后，黄校长一直跟我提起，一定要把赵老师邀请到南澳来，给岛上的老师好好讲一讲，他们都没听过如此精彩的讲座——我邀请师父跟我一起从潮州出发，登临我的小岛。

安顿就绪，已是下午时分，陪师父下到楼底，去看海观潮。

只见眼前的一块礁石上停立着一只白鹭，安安静静地站在那里，不为风浪所动。

我跟师父说：“它多像一位隐士，有多孤独，就有多优雅。”

师父说：“如果你不够优雅，那是你还不够孤独。”

两个老爷们儿就这样一直站在海边栈道上，看着那白鹭，望着那片海。不知在外人眼中，像不像两只白鹭？

## 139.

黄校长热情陪同，带我们参观岛上的总兵府，同行的有师父，还有工作室的小伙伴们。

我们被门前两棵合抱之木惊住。这里是郑成功当年征兵所在地，那时这两棵榕树就已经站在这里，想必那时亭亭如盖，如今已成参天大树。

十四个人手拉着手，刚好围成一圈。我们围着大树慢慢移动，就像在做童年的丢手绢游戏。

晚饭后，我跟师父散步回酒店，收到黄校长发来的信息：“明天活动间隙，安排了南澳本地西瓜和海石花，请大家尝尝夏天的味道。”

看到信息，我感动不已，同时跟师父感慨：“南澳的同事们，待我太好太好，这份真情，要永远铭记，常思回报。”

师父点点头：“说明你支教这一年，在岛上做了不少实事。”

## 140.

整个周一，安排了满满一天活动。

上午由工作室成员汪科讲《海上日出》，朱玮讲《如果之歌》。有教材教学，有诗歌教学，授课班级都是 311 班。同学们的表现也特别好，在这样大型的活动现场，一点都不怵，课堂参与度高，发言也极有见地。想必他们把这视作自己的高光时刻，毕竟是在全县老师面前尽情地展示自己。

下午是周录祥院长和师父的讲座，个中精彩，自不必说，这几乎是南澳岛上小学语文学科天花板级的教师培训了。

这也是西校区第一次承办如此大型的活动，不单是南澳全县语文老师在场，连澄海区建阳小学、龙湖区龙湖小学都派老师前来参加。

我能做的，只是引燃一束智慧之火，让老师们热情燃烧，发出自己的光。

晚上在沙滩漫步。今天的海格外热烈，白浪翻滚，气势雄浑，让我想起梁秉钧的诗句：

有时我走到码头看海
学习坚硬如一个铁锚
有时那里有船
有时那是风暴
海上只剩下白头的浪

这时，收到南澳图书馆小明老师发来的信息，问我何时安排去南澳幼儿园做一场讲座。

我回复说：“六月底吧，在我离开南澳之前。”

“一年的时间过得太快了，不能忘了我们南澳，后面还要来我们南澳。”小明这么说。

当然，我怎会忘记。我这样告诉自己，但没有立即回复小明。

后来，在支教结束后的那个暑假，我带着朋友们上岛，请朋友在南澳图书馆给孩子们讲《神秘岛》的故事，以“周其星老师和他的朋友们”的形式，回应了小明的这条信息。

再后来，我组织深圳的几个家庭登岛，在黄校长的安排下与311班八个家庭结对，又与小明、新阳合作，在海边写诗。我像涌向沙滩的浪，一次次回应着海岛的呼唤。

## 141.

活动结束了，支教也接近尾声，但弦歌不绝。

有了师父和周录祥院长的亲临指导，还有团队小伙伴的尽情奉献，我的心里踏实了不少。

这片土地，我踏实地走过了。

感谢南澳县教育局南澳教师发展中心以及后宅镇中心小学一直以来的鼓舞与支持，这就是教育的两情相悦和美美与共吧。

正如朋友所言：“相逢在陌生时，离别在熟悉后。万变的缤纷世界，不变的教育情怀。”

# 我把南澳喜欢过了

## 142.

今天在班上给同学们读约翰·柏林罕的图画书《你喜欢》，其中的句式着实让人“喜欢”：

你喜欢大象喝光你的洗澡水
老鹰抢走你的晚餐
小猪穿上你的衣服
还是河马睡在你的床上
……

读完之后，大家笑翻了。当然，我们也要写自己的《喜欢》。
乐鑫这次写了一首很出色的小诗，结尾真是让人惊讶——

我喜欢的东西有很多！
喜欢去别人不去的地方，
喜欢看别人不看的电视剧，
喜欢走没人走的小路，

走到路的尽头，
让墙壁奏乐，
给自己一个“喜欢”。

这首自信快乐的小诗，你是不是也很喜欢？
栎霖的“喜欢”有些特别，他的内心，有些孤独——

我喜欢被大雨
淋过的感受
我喜欢孤独
给我的清静
我喜欢大海的声音
带来的快感
还喜欢被人孤立

就像下雨天的雾

小益的“喜欢”跟栎霖颇为相似——

我喜欢上了孤独<br>
是难过<br>
也是宁静的下午<br>
好像度过了很久的时间<br>
这纯粹的孤独<br>
在我的心里<br>
成了冰冷的心事

两位小男生，都有着“为赋新词强说愁”的少年老成和故作沧桑，也许这就是“长大的烦恼”，欲说还休，都化作诗句尽情奔流。

章芸给自己取了个笔名叫“孤音”。她喜欢什么？

在路上<br>
他不会转过头<br>
因为孤独？<br>
也许他喜欢自己在路上<br>
走着

甚至被雨淋湿
让雷电给足迹伴奏

诗中的心事，诗人的心事，一直在唱着孤独的歌。锘桐呢？她的笔名是“独歌”——

我喜欢着另一半
因为她也喜欢着另一半

打开窗户
大叫一声
她喜欢过烦恼

挥了挥手
抱了抱
她喜欢过告别

她喜欢过悲伤
坐在窗前
听着歌
看着书

我喜欢着另一半
也喜欢她

把烦恼、悲伤、告别都喜欢过了，这是正在长大的女孩自己为自己演唱的独歌。

我还喜欢锘锏的另一首诗——

我喜欢雨天
可以放声歌唱
放声大哭
不用在意
因为这时
街上没人

我喜欢雨天
听着雨声
写诗

同样的旋律，同样的心情，这些少男少女啊，都有着九尖山上的云雾一般的心事，幸而尚有诗歌，可以为之赋形，不吐不快。

宥勋写了“喜欢”——

鸟儿喜欢比赛
大山喜欢翠绿
星星喜欢环游世界
月亮喜欢夜晚
书包喜欢装书
书本喜欢阅读
喜欢喜欢自己

还写了“讨厌”——

鸟儿讨厌不会飞
树林讨厌大火
小猫讨厌小狗
月亮讨厌太阳
书本讨厌破坏
我讨厌啰唆

这些干净利落的小诗，一点都不啰唆，我全部喜欢。

洁菲说——

我喜欢苹果的香气
梨的甜脆

橙子的甜糯
西瓜的可口

喜欢
童话故事美丽的结局
偶然得到的礼物
对春夏秋冬的迷恋

你猜我喜欢什么书？
对美好的事物
我都喜欢

难怪昨天看到有家长在我的视频号下留言：“周老师，再多留一年好吗？”原来是洁菲的妈妈，或许，她也深知女儿的喜欢。

也有家长说：“希望即使周老师没来南澳支教，也能常回来看看我们可爱的孩子们。感谢您为孩子们带来许多，让他们学习到的不仅是课本的知识，更多的是以后的人生哲理，为孩子们的成长增添了繁星点点。”

我知道，离别是艰难的。但就像锘桐在她诗里写到的：“挥了挥手 / 抱了抱 / 她喜欢过告别”。我们要学会告别，甚至喜欢上告别。

有同学说，多待两年，最好三年！

他们是希望我把他们送到小学毕业啊。我没法做到，但会找到弥补的办法。

我说我会争取每个学期来一次。

于是他们又开始跟我讨价还价：

“两次！”

“三次！”

“五次！”

## 143.

与南澳县消防大队的姚教导聊及孩子的教育问题。

我提到不要只看孩子的短处，总想着如何补缺补差，怎样及时订正错别字。这些常规做法背后的逻辑是——不能犯错，有错必改。

一个孩子如果把大量的时间精力消耗在不断纠错上，同时被强化的，大概是“我不行，总是错”的自我怀疑与否定吧。

如果换个角度去想呢？比如说，多关注孩子的某个长项，最好是找机会让他在这方面大放异彩，让他无比确信：“我很棒，还可以更好！”

孩子对自我的接纳与认可，不是来自他人的简单表扬与肯定，而是源于自我付出后的成功与反复确认。

没有什么比激发学生自我学习的愿望更有效的教育方式了。

没有什么比充满自信、满怀热情地去学习更令人欣喜的了。

好学之光，可以遮蔽不足，并让人焕发全面的自信。一言以蔽之：扬长可以补短。

谈到如何对孩子进行激励，我提醒到，不要长时间过分依赖或放大奖品的作用。外在的物质奖赏，会让孩子被触手可及的奖励所吸引，乃至迷惑，有可能会失去内在的追求，缺乏持续学习的动力。

要让孩子看到通过努力带来的前后变化，看到自己成长了的样子，知道辛苦的价值，尝到进步的甜头。自己跳起来摘下的果子，才是最好的奖品。

我们还聊到父亲对儿童陪伴的意义，以及亲子运动对孩子成长的作用。我讲了我的学生瑞鹏和他爸爸的故事。正是因为瑞鹏爸爸在孩子低年级时的用心陪伴，借助体育运动项目的强化训练，以及最终在校运动会上的获奖，激发了瑞鹏的自信和学习热情，才会有后来瑞鹏在学业上的一路高歌猛进，及至今日有了跻身物理竞赛国家队的可能。

其实，我们更应该向孩子学习。

在他们的世界里，决不会只盯同伴的某一个缺点，就对这个人盖棺定论。他们会关注到不同的人分别在哪些方面很厉害、很擅长，这是他在伙伴群体中立足的根本。

学习成绩并不被孩子们当作评判高下的唯一标准。跑步快，力气大，跳得远，手工好，歌声美，会整理……都很了不起！

曾经，有人的魔方玩得好，深受大家的崇敬；有人会玩溜溜球，赢得不少粉丝；有人背诵古诗词很牛，也是大家心目中的英雄……

是的，大人更习惯去看孩子的缺点，而孩子更愿意看别人的长处。如果说，这也是一种“慕强”特质的话，那孩子们心目中的“强”显然更丰富！

这构成了两个世界的差异。

只有对儿童保持善意的大人（在成人的世界里，这种人并不多见），才会被儿童接纳，成为他们“同一国”的人。

不要去怀疑孩子的判断，他们最敏感，也最聪明，大人是不是真的理解他、接纳他，很容易被分辨出来。

很庆幸，我一直被“儿童国”接纳，经常出入其间。我觉得自己是最幸福的大人。

说到幸福，我跟姚教导一起感叹：“我们都致力于自己的专业，且很喜欢也享受其中，这就是我们幸福的来源。”

## 144.

期末复习，抓基础，练习听写和默写。

这是一段极枯燥的生活，但必须全员负重前行，顺利通过。

也不一定是“负重”。至少，我们有办法激活沉闷的气氛。

我故意说反话逗大家：“请千万记住，听写不要全对，最好多错几个。错了以后，不要急着订正。这样，我的奖品才够用。

不然，我会破产的。”

看着我一脸苦相，同学们的兴致大增，他们可劲儿地复习，认真地听写，仔细地检查，只为了拿到一百分，去得到我更多的礼物，让我“破产”！

他们如此开心，我更是开心加倍。

傍晚时分，太阳也结束了一天的工作，回家去了。

这是夏日里一天当中最好的时光，我偏爱此刻的天光。

这时，一定要去海边走走，一定要抬头看天光变幻，看那粉红、青蓝、墨黑、纯白如何在天空中渐次展开。

我调不出这么丰富细腻的色彩，我画不出这样缤纷轻柔的天空。

我深深呼吸，全然放空，沉浸其中。

## 145.

一早就醒了，然后睡不着，看到黄永玉老先生的三句话：一、充满了爱，对待一切人；二、摔倒了，赶紧从摔倒了的坑里爬起来，往前走，不要一辈子骂那个坑，那你这辈子就耽误了；三、拥抱自己的专业别放，你要站高一点看这个城垣，不是用诅咒，不是用仇恨，不是用怨毒，是用怜悯来看，包括我们自己。

何其通透。瞬间，我想通了很多事，看开以后，自是了然、释然、欣欣然。

卡夫卡说，人要客观地看待自己的痛苦。

拉长时间尺度来看经历的一切，快乐也好，痛苦也罢，都是一段起伏，一些波折，可入药，可佐餐，可下酒，可成文。

不知不觉，竟然到了最后一天的语文课。

教室里一切如常。同学们听着音乐，看书，复习。图书管理员欣悦在整理书柜，拿来一本被翻坏的图画书，问我怎么办。我说，这事儿只能靠巧手培凯搞定。

培凯心细手巧，曾经用纸板制作了一只牵线手掌，手指关节伸缩自如，看得我目瞪口呆，惊叹其为天才。

果然，培凯很快就把书的内页整理好了，破损之处，全被仔仔细细地粘贴好，拼接得几乎天衣无缝。他说，还要压一会儿，这样才不会鼓鼓囊囊。

我把积存的奖品全搬了出来，想赶在今天发给大家。没想到，我得到了小树送给我的手绘奖状，奖状上写着："一个天天晚上会写诗的男人，他叫周其星，他是好老师，特好的老师。"

听海燕老师说，知道我要离开，小树哭了……这个重情义的小男子汉，这个每天揣着我送给他的诗歌本记录生活，也对抗生活的小诗人！

也就在这一天，我找同事商量，讨来一节课。

讲什么呢？上次明老师过来，我答应要给大家分享《讲给孩子的百年梦想》系列中科学家的故事，那就不要搞什么依依不舍的告别了，就讲我的老乡、两弹元勋、国士无双的邓稼先吧。一个人就是一个传奇。

我相信，传奇是真的，故事带来的感染力也是真的。如果我不能继续引领，那就让好书以及书中的英雄去引领他们向前走去！

放学时，跟同学们相约，26 号下午一起去看一场南澳日落。

## 146.

人们像潮水一波一波
我就像岸边的礁石任潮起潮落
走过的人谈笑风生难过
我看着日出日落
心头掀起一阵风
你可能会错过
也可能会错怪我
再大的海也无法把我淹没
海面上渔火点点
那是黑夜里的诱惑
不是我的错

## 147.

跟一群小伙伴精心编写的《童年的小作文》，经过反复审校，即将定稿下厂。能为写作困难的孩子做一件真真切切、实实在在帮助到他们的事，再辛苦，也无妨。

我也是一个很接地气的人啊！

## 148.

离开海岛之前，我专门去南澳图书馆泡了很久，特意翻出好几个版本的南澳县志对照着读，其中陈梅湖编著的那本，令我感触良多。他跟饶宗颐之间的恩怨，真是欲说还休。其中的是是非非，即便是“志”也理不清。

小明老师赠我一本南澳民间故事集，20 世纪九十年代的印制品，距今已有三十年的光景，薄薄一册，却已负载了岁月的深重，看得我爱不释手。

下午，深圳驻汕头副总指挥礼寿兄专程来岛上，为我送行。

我跟着他去了后宅镇党群中心建设基地，看他现场调度与指导，特别干练，对工期有要求，对质量很关注，对工人和负责人有鼓励，也有明确的建议。这种感觉，就像看了一场名家的现场课，极为受用。

一年后我再次登岛，重临南澳，后宅镇党群中心已然建成，且装修完毕，顺利运行，新增了一处大棚果蔬智慧种植园，据说可以选择自己喜欢的口味定制果蔬……

深圳派出来的帮扶干部，个顶个的棒！与他们相识相交，也是这次支教经历中尤为珍贵的记忆。

## 149.

来到学校，培凯已把上次交给他修复的图画书修好了，堪称完美!

我忍不住向班主任夸赞，这样的小孩，需要多去呵护，给他更多的机会，他也需要多一点时间去成长。我们的教育，需要多些耐心，不要太早下结论。

和英语、数学老师一起去钟锐同学家家访。

钟锐这一年，进步明显。他很聪明，就是学习不上心，之前都不怎么交作业。现在好多了，爱看书了，也能交作业了，要求订正也可以做到了，还时不时写诗给我看。

最是喜欢看他害羞的样子，真有点“水莲花不胜凉风的娇羞”，我总是逗他笑，他先是憋着，最后绷不住，还是笑了。

请相信，班上的每个孩子都有可爱之处。我们要善于发现他的可爱之处，多去鼓舞他，促使他做好一件事、两件事……慢慢地让他知道自己会做事，能做成事，逐渐摆脱习得性无助。

回来的路上，跟海燕和映华两位老师建议，一定要坚持做好家访。只有实地去看了孩子的生活环境，才能理解他在学校为什么会有这样或那样的表现。

而对学生和家长来说，老师来家里访问，这可是头等大事！即便你不说什么，他们也会一直记在心里。

遗憾的是，支教期间，我没有走遍每个孩子的家，不能去了解他们每个人的生活状况、学习环境、家教氛围、日常样态，也就不能及时调整教育行为及交流方式。这些遗憾，只能留待接任的支教老师来弥补了。

## 150.

周一无事，就在家看书，研究《彼得·潘》，购买了《永远少年》，对比研读《小王子》。

周二晚上，在南澳图书馆讲座，人气爆棚，还来了不少东校区的家长和孩子。

我给他们讲“看”与“见”的区别，讲如何才能“见到孩子”，如何从童书里看见不同的儿童。虽然话题有难度，但氛围很好，来参加的孩子听得都很认真，家长更认真。

结束时，才知道小明老师和海燕老师瞒着我联系家委编排了一个送别的节目，当 311 班的孩子们登台演唱时，我终于忍不住泪目。

活动结束，看着大家热切的笑脸，我为自己能够给南澳带来一些文化的波动而感到小小的骄傲。

讲座中，我提到了“点灯”这一夜间阅读仪式，散场后，就有两个孩子回家去实施了起来。

阅读的灯，开始在南澳的夜里点亮。

又是一次支教老师的座谈会，只不过这一次，是为了给我们饯行。

当总领队在感慨、遗憾支教的时间不长，一年过得太快时，现场的一位书记说："不长也有不长的好处，不一定要立即提高教学成绩，如果因为一堂课、一句话，能够影响和改变孩子的一生，这不就是价值吗？"

他以恢复高考这件事为例，正因为温元凯教授的一句话，改变了那么多人的一生，改变了国家的命运；又提到一位年轻人在黄花山修水渠，以及知识青年下乡种植茶园的故事。如今，水渠还在，茶园也在，当年的努力都保留了下来，到今天还在发挥着作用。

"如果每个来南澳的人，都能留下一点有价值的东西，南澳就会越来越好。"

听完后，我们都在沉思。或许，大家都在回想，这一年自己在南澳究竟留下了些什么。

周五，收拾行李，准备回深。

洁菲打来电话问我："好诗最重要的一点是什么？"

我说是跟其他的诗不同。

她问为什么要不同？

我说这样存在才有价值。

我们聊到树上的叶子彼此不同，同一个位置的叶子去年与今年不同……她可能明白了什么，也可能没明白。

## 151.

不准备去学校告别，只想静悄悄地离开。

没想到，不知从哪里得知消息的家长们带着孩子前来送我，帮我搬行李。

终究还是要离开。

拥抱。握手。感恩。珍重。

南澳岛，我的南澳岛，再见了。

再见。

# 尾声

# 尾声

如果给你一年时间，到一处偏僻之地的学校任教，你会怎么做？

如果当地教师人均年龄在 48 岁左右，你跟他们语言不通，生活环境、工作氛围也大相径庭，你会怎么做？

全国每年支教老师那么多，每个人都有自己的积极应对与努力奉献。回首我在南澳岛当老师的这一年，其中的点点滴滴，化作字字句句，尽在前面的絮絮叨叨中，既是给自己留下长长久久的记忆，也是想着多多少少为大家带来一点启发，一些思考。

回到深圳后，吴立新校长嘱咐我在全校教职工大会上做一个发言，分享我的支教故事。

我诚惶诚恐，感恩不尽。

回想当初，自从得知有这样一个紧急的支教任务，立即向教务处的吴珂主任申请报名。学校领导格局远大，深明大义，无论从公从私，都全力支持。尤其是立新校长，他和我一般，都曾是中师生，热爱教育，痴心专业，怀揣教育的理想，从农村辗转到都市，但一直有着回报乡村教育的热切之心；作为学校领导，他更懂得广东省教育厅提出的“全口径全方位融入式支教跟岗帮扶”的重要意义，在我提出申请之后，虽有不舍，但也明确指出名校名师更加责无旁贷……正是在立新校长和吴珂主任的理解支持下，我的人生，因此多了这份厚重的经历。而我也不负众望，扎扎实实支出了特色，也教出了成效。立新校长甚至亲自牵头及时组织两地两校教师的学术互访活动，加强深汕教育联动，真正实现长期合作，深度帮扶。

一年来，我带着理想主义情结深耕海岛，遇见了太多美好的人与事，如今，千言万语，反而不知从何说起。重回深圳，重新站在昔日的同事面前，我也在追问自己：我还是一年前的那个我吗？是我改变了南澳，还是南澳改变了我？当我从海岛归来，身上可曾带着大海的气息，心中是否多了对南澳的挂念？经过这番历练，我对教育、对未来是否有了更为清晰而坚定的信念？对自我的认知，是否更为辽阔而深远？投身教育三十年，我究竟能带给孩子什么？数智化时代，我又需要做出怎样积极的应变？

南澳的海风告诉我，守住一间教室，带着一帮孩童安静地读书，兴致勃勃地生长，正是教育的情调。

实验的前辈告诉我，扎根教育一线，投入全部热情，摆渡一群又一群学子，正是幸福完整的教育人生。

苏东坡在诗中云：问汝平生功业，黄州惠州儋州。

我也告诫自己：问汝平生所爱，读书写书教书。

或许，正是看出了我的变化，学校才安排了这次分享，我也从故事的海洋里，撷取几朵小浪花——在用几张图片回顾支教历程之后，我用此行感触最为深刻的一个词总结：事在人为。

在这之前，我一直以为事要做成，努力为之，干就是了。

现在来看，人更重要。选择正确的人，才能做成正确的事。人对了，事就成了。

千万莫要低估人的力量，可能成事，也能坏事。身边发生太多的故事，无不在反复证明这一道理。

对于支教这件事，我相信，自己是正确的：学校选派我是正确的；我选择用诗歌唤醒南澳是正确的；回到深圳后，我重新出发，继续坚持专业发展，继续坚守一线亲自带班是正确的……

行走在深圳教育的大道上，我还会想起南澳的时光，想起那片纯净的海，浪花不厌其烦地拍打沙滩，冲刷礁石，我的心顿时一片空明。我曾经那么努力地参与改变一座小岛的教育，直到现在也没有放弃：我当年执教的班级，如今变成了“深圳班”，都由深圳南山区的优秀支教老师继续执教，我也会时不时奔赴海岛，让深圳诗书班的孩子与海岛上的孩子结对牵手，读诗写诗……人生中竟然可以有这么美好的事，分明就是一首浪漫的教育之诗。

去选择，去相信，去坚持，去成就。

南澳的故事，不会结束。

我在深圳的教育故事，又有了新的开始。

# 海岛来信

以前我只知李白、杜甫等大诗人写古诗，而现在我知道了我也可以成为一个“大诗人”，也认识到了一个可以用诗记录的世界，写落日余晖，写日出新生，写田园风光……

——章芸

其人虽回
其志依旧
望海相送
以诗律己

——蔡锦斌

那天天气晴朗，您带着阳光般灿烂的笑容走进教室。我对您的第一印象是这个老师很和善，不骂孩子，不打孩子，总是笑笑地和我们说话。

——李悟

离别是为了下次更好的相聚，期待我们的每次相聚，让我们有机会走出南澳，去深圳看看您和小伙伴们。

——柯栎霖

风仿佛是一个洞，
吹走了无数人的
悲伤。
也吹走了人们的
青春。

——林子茵

感谢您给我推荐的深圳搭档绫子。
她的名字很特别。我又新写了诗，
正在改动。我现在每天都很充实，
记得常来看我们！

——张洁菲

我本想取一片红枫叶，
您却给了我整个枫林。
我本想观赏一只鸟，
您却带我看到了鸟的家族。

——胡欣悦

漫天的星空，
周老师是最闪亮的星星。

——徐培凯

因为您，我迷上了看书，一有空就看书，有的书还被我反复观看好几遍，这书太香了。

——洪锘桐

后来，我完成了人生中第一首诗，这也让我走进诗歌的旅途。每当太阳下山时，我就会想起我写的诗，《日落》。在海边，我一听见波涛汹涌的浪声，就想起了《礁石》这首诗……

——蔡楒懂